LA CHUTE DES ANGES

Sg HORIZONS

Le code de la propriété intellectuelle n'autorisant, aux termes des paragraphes 2 et 3 de l'article L122-5, d'une part, que les "copies ou reproductions strictement réservées à l'usage privé du copiste et non destinées à une utilisation collective" et, d'autre part, sous réserve du nom de l'auteur et de la source, que "les analyses et les courtes citations justifiées par le caractère critique, polémique, pédagogique, scientifique ou d'information", toute représentation ou reproduction intégrale ou partielle, faite sans consentement de l'auteur ou de ses ayants droit, est illicite (art; L122-4). Toute représentation ou reproduction, par quelque procédé que ce soit, notamment par téléchargement ou sortie imprimante, constituera donc une contrefaçon sanctionnée par les articles L 335-2 et suivants du code de la propriété intellectuelle.

Copyright © 2017 Sg HORIZONS,

All rights reserved.

ISBN: 979-10-92586-96-1

PARTIE 3 : S'ÉLEVER

Et si je vous disais que les anges ne sont pas tels que nous les imaginons. Que l'image qui a été transmise à travers les siècles ne dévoile qu'une infime partie de leur nature, de leur rôle dans l'univers. Que feriez-vous s'il vous était permis de les rencontrer, de découvrir qui ils sont ? Vous réjouiriez-vous ou auriez-vous peur face à leur puissance et à la raison de leur venue sur Terre ?

LA SÉPARATION

La moto s'élance en avant puis file à grande vitesse sur cette route. Je suis surprise de constater que j'aime percevoir les accélérations soudaines de l'engin et le vent qui fouette la peau nue de mes bras. Caliel et moi sommes arrivés à l'extrémité de la péninsule. Nous suivons l'« Overseas Highway » qui relie le continent à toutes les petites îles que comprend l'archipel des Keys. J'ai toujours aimé cette route qui offre de magnifiques et inoubliables paysages de la Floride maritime. Cette bande de bitume sombre semble survoler l'océan jusqu'à Key West, notre destination finale. Je suis impatiente d'y être et j'espère que nous pourrons monter en bateau ou, à défaut, en voler un pour rejoindre Cuba. Ma mère vit à La Havane, la capitale de cette île. Je n'ai aucune connaissance maritime, tout comme Caliel. Nous espérons juste que de maintenir l'embarcation que l'on aura trouvée en direction du sud sera suffisant pour nous faire traverser ce bras d'océan et arriver à bon port.

C'est toujours étrange d'être les seuls sur l'autoroute, surtout celle-ci qui est si particulière, car elle offre un panorama privilégié sur la mer des Caraïbes d'un bleu turquoise par endroits. Après un moment, nous sommes en vue de Key Largo, qui est l'île la plus étendue de l'archipel. Hormis la ville, qui compte environ deux mille habitants et que nous traversons rapidement, c'est une succession de jungles, de mangroves et de lagunes, même paysage que nous traversons depuis plusieurs jours. Un premier convoi militaire nous double, puis nous en croisons un second qui, lui, vient en sens opposé alors que nous quittons l'île de Key Largo. Ce sont généralement les véhicules de ce type que nous voyons en dehors des agglomérations depuis quelques heures. Il faut croire que la présence militaire dans l'archipel est importante, ce qui peut mettre en péril notre projet de rejoindre Key West à l'extrémité de cette succession de bandes de terre reliées au reste du monde par ce chemin.

— Tu crois que nous devrions continuer ? dis-je en chuchotant, car je sais qu'il m'entend.

— Continuons un peu et voyons ce qui se passe, me répond-il après un moment de réflexion. Si c'est trop risqué, nous ferons demi-tour et nous trouverons une autre solution.

Comme chacun de ses choix, ses actes sont mûrement réfléchis. J'ai confiance en lui, et je devine qu'il fait tout pour me permettre de rejoindre ma mère alors que je me désespère de la revoir. Il a compris que je ne tente plus d'étouffer mes émotions. Même si celles-ci sont bouleversantes, voire angoissantes, au vu de la situation et l'incertitude quant à savoir si mes proches en vie, je ne peux pas les rejeter sans me perdre également. Alors que nous atteignons la portion de la route à ne pas être encadrée par la terre, la vitesse de la moto décroît rapidement, puis l'engin s'arrête. Mes doigts se resserrent sur la veste de mon compagnon que nous avons volée au cours de notre cavale. Je fixe, l'angoisse enserrant mon cœur, ce qui l'a conduit à s'arrêter. C'est un barrage conséquent de voitures de police et de militaires qui nous bloque la route à deux kilomètres de là.

— Que fait-on ?

Je lui souffle ces mots comme si le fait de les dire à voix haute pouvait attirer l'attention de ces individus fortement armés sur nous.

— On doit continuer.

— Tu es sûr ?

— D'autres arrivent derrière. Nous sommes piégés. Si nous faisons demi-tour, cela paraîtra suspect et ils nous pourchasseront.

Je tourne la tête et note la présence de deux véhicules avec leurs mitraillettes sur la plage arrière pointées dans notre direction. La moto accélère à nouveau, mais à une vitesse moins conséquente que précédemment. Nous nous arrêtons devant un barrage qui s'étale sur les deux voies. Un homme vêtu de son uniforme vert de combat s'avance vers nous et, la main tendue devant lui, nous somme de nous arrêter. Je baisse la tête, espérant qu'il ne croise pas mon regard trop révélateur alors que Caliel retire son casque pour laisser apparaître sa normalité.

— Identité.

— Cal et Lena Reyes, déclame d'un ton posé mon compagnon en utilisant mon nom de famille.

— Mademoiselle...

— C'est ma femme, contredit Caliel.

— Retirez également votre casque, je vous prie, continue le soldat inflexible dont je perçois le regard sur moi qui ai la tête baissée.

Je me crispe et fais ce qu'il me dit en sachant que mon refus serait un aveu. Caliel tente de détourner l'attention du garde.

— Nous venons de Miami et nous avons entendu dire que Key West était sûr. Est-ce vrai ?

— Pour l'instant. Regardez-moi ! m'ordonne l'autre sans perdre son objectif, qui doit consister à s'assurer que toute personne qui passe est humaine.

Quand je relève mon visage, ce n'est que pour lire la surprise dans le regard de l'homme qui doit avoir la trentaine, et pour constater qu'il sait qui je suis, ou plutôt ce que je suis.

— Ce n'est pas ce….

Ma tentative d'explication bredouillée du bout des lèvres s'interrompt : le canon de son arme se pointe sur moi. Tout s'enchaîne alors très vite. Le soldat hurle pour prévenir ses semblables. Ce cri marque la surprise puis la douleur au moment où l'arrière de la moto percute l'homme. Mon compagnon a imprimé un arc de cercle à l'engin sur lequel nous sommes juchés. Celui-ci accélère et s'élance dans la direction opposée. La rapidité d'action avec laquelle a agi Caliel ne nous a pourtant pas permis de nous mettre hors de danger. Les détonations éclatent. Là encore, je serre les dents en réaction aux impacts de balles qui me pénètrent. Certains des projectiles réussissent également à me traverser de part en part pour toucher Caliel, qui ne réagit pas aux impacts. Ce qui n'est pas le cas du véhicule qui nous transporte ; car la roue arrière est touchée. Le résultat est immédiat. La moto se met à zigzaguer dangereusement avant de chuter sur le côté.

L'instant suivant, je glisse sur le bitume, entraînée par la vitesse, la brûlure du frottement se fait ressentir sur toute la partie droite de mon corps avant l'arrêt final. Quelques secondes et la peau brûlée par le contact avec le bitume est guérie, ce qui n'est pas le cas de mon jean laminé et de mon haut bleu troué par endroits. Je me mets debout rapidement alors que les deux véhicules vers lesquels nous nous dirigions sont sur nous. Caliel se met à courir et je le suis avant de tendre la main en l'air pour réceptionner le bâton qu'il vient de me lancer et qu'il a dissimulé sous sa veste en cuir. Du coin de l'œil, je vois Caliel qui pose souplement un pied sur le devant du véhicule. Il s'élance dans les airs avant d'administrer un coup de genou au soldat qui a les mains posées sur la mitraillette à l'arrière du véhicule. Le corps du soldat est propulsé à plusieurs mètres du sol. Je le devine tomber sur la route, au moment où je m'élève à mon tour en prenant appui sur la carlingue du véhicule qui m'aurait renversée sans mon envol. Je retombe sur la plateforme de cette Jeep et attrape de ma main libre le col du soldat que je propulse loin du véhicule. Sur mes deux pieds, je suis encore étonnée par ce que je viens d'accomplir autant que par le fait de ne pas être passée sous les roues de cette voiture qui fonçait sur moi.

— Monte, me lance Caliel alors qu'il vient d'arracher à leurs sièges le conducteur et son passager de l'autre voiture pour se glisser à l'intérieur.

J'exécute un saut périlleux et retombe sans difficulté sur le véhicule parallèle à celui sur lequel j'étais. J'ai juste le temps de m'accrocher à la carlingue que Caliel freine brusquement. Puis il applique une marche arrière, nous éloignant rapidement du barrage que nous allions percuter. C'est sans compter sur la volonté des hommes qui se lancent à nos trousses pour nous arrêter. Debout, je les observe avant de m'accroupir. La justesse de leur tir se précise. Je m'accroche à la mitraillette fixée au milieu du plateau et hésite à l'utiliser sur nos assaillants. Je m'y refuse. Nous essayons de les fuir, non de les tuer. Les rotors d'un hélicoptère se font entendre. Je le cherche des yeux et n'aperçois qu'un point noir dans le ciel d'un bleu limpide sans l'ombre d'un nuage. J'estime à quelques minutes le temps qu'il faut avant qu'il ne soit sur nous. Je me doute que Caliel l'a entendu également et je ne souhaite pas le distraire alors qu'il doit conduire en marche arrière. Quelques jours de pratique au volant semblent avoir fait de lui un véritable pilote, ce qui ne fait que confirmer qu'il semble extrêmement intelligent et doué en toute chose.

Moins d'une minute passe et ce n'est pas un, mais deux hélicoptères qui nous survolent. Ils font des ronds dans le ciel alors que nous nous éloignons autant que nous le pouvons. Un troisième engin volant s'ajoute aux autres, mais celui-ci n'a rien de militaire. La caméra qui se fixe sur nous en dessous de la carlingue et le nom de la chaîne télévisée inscrite en lettres blanches sur le fuselage noir nous montrent que nous sommes filmés. Là encore, c'est un tir dans les roues de la voiture qui nous empêche de fuir. Déstabilisé, le véhicule percute une première fois la rambarde, puis une seconde fois l'autre côté avant de se retourner. Je suis propulsée dans les airs et ma seconde rencontre avec l'asphalte n'a rien de sympathique : mon corps se brise à de multiples endroits, dont ma jambe gauche sur laquelle j'atterris. La respiration saccadée, j'observe le ciel si calme et différent de l'agitation dont je suis victime et des battements sourds de mon cœur.

Le souffle d'une détonation me projette à quelques mètres de là et me fait chuter sur la rambarde en béton, projetant une explosion de douleurs dans tout mon corps. Allongée sur le flanc, je réalise que ce n'est pas une bombe, mais la Jeep qui vient d'exploser ; avec horreur, j'observe la silhouette en flamme qui s'extrait de la carcasse en feu. Caliel est méconnaissable par les brûlures qui le défigurent, sa belle chevelure voletant autour de lui alors qu'elle part en fumée. Des flammes s'accrochent à sa silhouette. J'imagine la souffrance qu'il doit ressentir, son t-shirt semble avoir fondu sur sa peau. Je l'observe encore tomber à genoux, son supplice est aggravé par la fusillade dont il est la cible. Il n'est qu'à quelques mètres de moi et relève son visage pour me regarder : tout reprend sa forme initiale, son beau visage se régénère, la peau saine chassant les brûlures. Même sa longue chevelure châtaine réapparaît et vole sous la brise marine. Je tente de me traîner jusqu'à lui, mais la douleur est trop intense.

Il se redresse et c'est à genoux qu'il réduit la distance qui nous sépare. Une nouvelle salve de balles me touche. Je n'ai pas d'autres choix que de puiser dans ma lumière céleste pour accélérer ma guérison. La paix m'envahit et je me surprends à vouloir rester là, mon être baigné dans ce calme, comblé de retrouver cette plénitude. Je me force à la quitter en percevant un contact. C'est la main de celui que j'aime qui caresse ma joue. La douceur de son geste s'accorde avec le regard qu'il me porte. Il m'hypnotise et je m'y plonge sans retenue. Enfin, je perçois chez lui la profondeur de la relation qui nous unit. C'est comme un rayon de soleil qui perce la couche nuageuse. Ma main s'élève, capture la sienne encore posée sur mon visage. Je la porte naturellement à mes lèvres pour y apposer un baiser au creux de sa paume, mon regard ancré dans le sien, d'un bleu pur. Mais je vois soudain le changement s'opérer en lui. Ses prunelles n'expriment plus rien qu'une dureté inflexible. Son attention est portée devant lui. Je réalise alors la posture dans laquelle je suis et les derniers événements se rappellent à moi. Caliel me soutient dans ses bras, je repose en partie sur ses genoux. En tournant la tête vers ce que regarde mon compagnon, je prends conscience que nous nous trouvons piégés, cerclés par un nombre incalculable de véhicules des deux côtés en plus des trois hélicoptères qui nous survolent. Néanmoins, je suis soulagée de constater que les tirs ont cessé alors que rapidement, Caliel se redresse et je fais de même, satisfaite d'être à nouveau intacte.

J'ai été désarmée quand j'ai été éjectée du véhicule, comme l'est Caliel. De toute façon, nous nous étions promis de ne pas utiliser d'arme sur les hommes. Il se met debout, je le suis et glisse ma main dans la sienne. C'est ensemble que nous faisons face à l'assemblée hostile qui nous cible de ses armes. Nous ne faisons aucun mouvement qui pourrait déclencher une nouvelle fusillade. Ils doivent s'être aperçus que cela n'aura que peu d'effets sur nous. Et puis nous n'avons essayé de tuer personne, même si certains ont été blessés. Le silence s'établit, brisé uniquement par le mouvement des rotors des hélicoptères au-dessus de nous et des vagues qui se fracassent contre les piliers de ce pont, l'un des plus longs au monde sur lequel nous nous retrouvons piégés.

À nouveau tout s'accélère. L'un des missiles des engins volants est lancé. C'est tout ce que j'ai vu avant de me sentir soulevée de terre dans un panache de fumées et de flammes. Je suis arrachée à Caliel. L'instant suivant, la douleur éclate et je réalise que je roule sur moi-même encore et encore jusqu'à l'arrêt total, jusqu'à l'inconscience.

3 secondes
après la séparation

LENA

Je reviens à moi. Je suis allongée là sur le sol, mon corps meurtri par plus de blessures que je ne peux en compter. Je fixe le ciel, qui a la même couleur que celle des yeux de Caliel. Si pure, si profonde. Cette pensée me pousse à réagir. Je redresse le buste, regarde autour de moi et affronte la vérité. Le chaos. Des silhouettes qui courent dans tous les sens. La fumée qui brûle mes yeux et la gorge. Une seule idée me vient en tête, celle de retrouver mon compagnon. Je le cherche, mais ne le vois nulle part.

— Caliel.

Mon appel n'est qu'un murmure que j'espère tout du moins suffisant pour qu'il lui soit audible. Je me mets à l'écoute, tentant de le trouver au milieu de toute cette cacophonie qui emplit brusquement ma tête. Tant bien que mal, j'arrive à me relever et grimace en constatant l'état de mes jambes et de mon bras droit. En charpie. Je m'en détourne et focalise toute mon attention sur Caliel qui me faut retrouver à tout prix. Devant moi, l'endroit où nous nous tenions avant l'explosion qui nous a séparés. Quand je vois le tas de gravats, je comprends qu'ils nous ont visés. Le bord de la route près duquel nous nous tenions n'est plus qu'un trou béant plongeant vers l'océan. Se peut-il que mon compagnon ait été projeté en pleine mer ? L'incertitude se mélange à l'espoir qu'il soit hors de portée de nos ennemis, mais déjà des militaires sont sur moi. Certains me tiennent en joue de leur arme quand d'autres me maintiennent au sol à plusieurs et sans considération aucune pour mon état. Certes, ils doivent se douter que je vais vite m'en remettre, c'est sûrement la raison de leur empressement à me passer des chaînes aux poignets et aux chevilles. Pas des menottes, mais de vraies chaînes.

— Caliel !

Cette fois-ci, c'est un cri d'alerte, de désespoir qui s'élève alors que je suis soulevée de terre par plusieurs hommes. J'ai beau me contorsionner, essayer de leur échapper, rien n'y fait. Mes nouvelles capacités, ma force ou ma vitesse sont inutiles devant leur nombre et de mon enchaînement. Une nouvelle fois, j'arrive à regarder du côté du trou béant donnant sur l'océan sans voir celui-ci de ma position. Une nouvelle fois, je hurle le nom de celui qui n'a eu de cesse de me protéger, de celui que j'aime. Sans résultat. Je suis jetée à l'arrière d'un camion. Les portières métalliques se referment dans un claquement sonore. À présent remise de mes blessures, je me traîne à quatre pattes jusqu'à celles-ci et tente d'en forcer le passage. À ma grande surprise, le contact avec l'acier me brûle les paumes et me fait faire un bond en arrière sous la douleur. Je regarde mes mains : effectivement, je n'ai pas rêvé cette sensation de brûlure. L'épiderme retrouve rapidement sa couleur et sa texture.

Je fais une nouvelle tentative en m'accrochant aux barreaux du petit espace sur le côté. À nouveau la douleur qui m'oblige à relâcher les barres d'acier. Je n'ai pas le temps de m'appesantir sur l'effet que cet alliage a sur moi. Je suis folle d'angoisse, mon regard part à la recherche de la silhouette de mon compagnon parmi la foule qui s'agglutine là. Des détonations éclatent. Les armes des militaires sont braquées vers l'océan. Ils tirent sur Caliel ! Cela ne peut être que ça. Une part de moi est soulagée de le savoir en vie, car c'est le cas si les autres s'agitent et tirent sur lui. En même temps, je réalise que de sa position, il ne pourra pas me rejoindre étant donné les centaines de mètres qui me séparent de lui. Je le vois mal gravir l'un des piliers en béton à mains nues pour me rejoindre sur le pont. Je ne peux les laisser nous séparer, pas comme ça. Avec détermination mais également dans un geste désespéré, je prends de l'élan et percute le flanc du camion d'un côté puis d'un autre. J'espère naïvement être suffisamment forte pour faire basculer le véhicule et tenter de me libérer ou gagner du temps. Chaque fois que je percute la paroi d'acier avec force, j'évacue mon angoisse et ma rage en criant, mon visage baigné de larmes. Encore. Oublier la douleur. Faire une nouvelle tentative. Faire quelque chose.

Le moteur gronde et le véhicule bondit en avant, me faisant perdre l'équilibre. Mes genoux percutent le sol. Je baisse la tête, mon regard se fixe sur mes mains ouvertes, paumes vers le haut. Une larme s'écrase sur l'une d'elles. Me parvient avec précision la sensation que laisse le sillon liquide qui glisse sur ma peau. Je réalise que je viens d'abandonner. J'aimerais me battre, tenter de faire quelque chose pour me sortir de cette situation. Et pourtant, je reste là, prostrée. Je suis plus seule que jamais et prisonnière de ceux que je n'avais pas voulu blesser, des humains auxquels je voulais tant ressembler en refusant d'être ce que je suis vraiment. Ils me conduisent Dieu sait où. Loin de Caliel : de cela je suis consciente. Je me retrouve incapable de ne serait-ce que dire une nouvelle fois son nom, de me motiver, de me fustiger pour ma non-réaction.

3 minutes
après la séparation

CALIEL

Caliel perce la surface, et la première chose qu'il fait est de prendre une grande inspiration. Son second réflexe est de chercher des yeux Lena. Il constate qu'elle n'est pas tombée comme lui dans l'eau. Son regard se porte immédiatement vers le pont au-dessus de lui. Il est en partie dissimulé par la fumée qui le nimbe. Elle est là-haut ; il en perçoit la présence. Des deux bras, il se maintient à la surface. Il a des difficultés à endiguer l'atroce douleur causée par le sel sur ses blessures, en particulier sur le bas de son corps, inutilisable pour l'instant. Après l'explosion et la chute, alors qu'il se trouvait dans les profondeurs, il s'est appliqué à remettre les os de sa jambe gauche en place pour permettre aux plaies de se refermer. Lui parviennent les appels de Lena. Il arrive même à entendre l'émotion dans sa voix : si elle a peur, c'est qu'il y a danger. Sans perdre une seconde, il se met à nager de plus en plus vite au fur et à mesure que son corps se régénère. Il se dirige vers l'un des piliers en béton de ce pont ancré dans l'océan. Rien ne saurait l'arrêter dans sa tentative pour la rejoindre, pas même les balles qui pleuvent sur lui à présent ; les hommes qui les ont séparés viennent de le prendre pour cible. Il nage et ressent pour la première fois ce sentiment que les hommes appellent l'espoir. Oui, il espère arriver à temps pour la retrouver. Pourtant, sa raison lui affirme le contraire. Comment pourrait-il parvenir à rejoindre Lena à une vingtaine de mètres au-dessus des flots alors que le son de sa voix diminue, que déjà elle s'éloigne de lui ? Le bruit des moteurs, des crissements de pneus, jusqu'aux vibrations des véhicules qui roulent qu'il perçoit sous ses mains accrochées au béton du pilier. Il comprend clairement ce qui se passe là-haut. Caliel s'élève. Il grimpe à mains nues, sans s'arrêter. Il se reprend lorsqu'il glisse, il s'accroche comme le ferait un alpiniste à son flanc montagneux, et repart aussitôt son équilibre rétabli. Sa force revenue, il l'utilise pour percer de ses mains et de ses pieds la pierre, poussé par cet espoir. Il parvient au sommet et atteint ce pont. Mais cet espoir était vain. Lena n'est plus là. Elle lui a été enlevée.

Des soldats se mettent à lui tirer dessus. Après l'espoir, l'ange déchu se met à éprouver un autre sentiment, tout aussi puissant mais bien plus destructeur :

la fureur. Sans attendre, il s'avance vers les hommes, en tue un d'une simple prise sur la gorge, qu'il broie entre ses doigts. Les balles pénètrent sa chair, mais rien ne l'arrête. Il combat un à un ceux qui accourent vers lui. Ils évitent de lui tirer en pleine tête, obéissent aux ordres qu'ils reçoivent de leur appareil de communication : ils doivent le prendre vivant. Grave erreur !

Consciencieusement, Caliel affronte chacun d'eux, brisant des membres, retournant les armes contre leurs détenteurs, visant les cœurs et les têtes pour éliminer tous ceux qui se trouvent sur son passage, tous ceux qui le ralentissent. Dictés par l'instinct de survie, certains désobéissent aux ordres. Ils tentent de le blesser mortellement. L'un d'eux réussit à lui tirer dans la tête. Caliel s'écroule. Le soldat s'approche alors qu'il ne bouge plus. Seconde erreur ! Le bras de l'ange déchu l'attrape et le projette si fort vers le sol qu'il fracasse sa tête sur le bitume. La balle ressort de son front au moment où il perçoit – plus qu'il ne voit – l'un des deux hélicoptères s'approcher de sa position. Des deux mains, il attrape l'homme qu'il vient de tuer, puis se met à rouler au sol en utilisant le corps de l'autre pour se protéger en partie des balles que déversent sur lui les hommes dans l'habitacle de l'engin volant. Se glissant sous un véhicule, il se trouve relativement à l'abri. Il avise les grenades accrochées à la ceinture du type qu'il a placé dans l'espace pour se protéger. Le moment venu, Caliel roule à nouveau, mais cette fois-ci du côté opposé, avant de se redresser et de se mettre à courir. Trois, quatre, cinq... compte-t-il dans sa tête. Il file vers le second hélicoptère qui vient se placer en parallèle du pont. Court vers lui, prend de la hauteur en montant sur le capot puis le toit de la jeep à l'instant où les grenades explosent sous le véhicule. Il n'a pas besoin de tourner la tête pour voir le premier hélicoptère touché par l'explosion, il en avait calculé la trajectoire et le timing pour s'en débarrasser. Le souffle de la détonation lui permet également d'augmenter la portée de son saut et d'atteindre l'hélicoptère vers lequel il vient de bondir. Il réussit à s'agripper à l'un de ses patins. Au-dessus de lui, un homme tente de le faire tomber. Il lui suffit d'attraper d'une main le canon du fusil qu'il vient de pointer vers lui et de tirer vers le bas. Le cri de l'homme accompagne sa chute avant qu'il ne s'écrase sur le bitume une dizaine de mètres plus bas. La suite se résume à un bref combat dans l'habitacle avec deux autres soldats, puis le pilote, qu'il tue en lui brisant la nuque.

L'appareil chute. Caliel saute dans le vide avant qu'il ne tombe dans l'océan. Avec aisance, il se rattrape à la rambarde de sécurité et, d'un simple mouvement de hanches, retombe sur ses deux pieds du côté opposé, sur le pont. Il se redresse, fixant les deux hommes, visiblement les seuls à avoir survécu au carnage. Un silence tout relatif s'installe. Caliel n'attend qu'un mouvement de leur part pour passer à l'action, mais les soldats restent immobiles – effet de la peur, du choc de la scène à laquelle ils viennent d'assister. Par mimétisme inconscient, Caliel ne bouge pas. Les soldats, qui pourtant n'en étaient pas à leur première bataille, sont stupéfaits d'observer celui qui se trouve devant eux, les vêtements percés par la multitude d'impacts reçus, et par endroits calcinés. C'est à peine si leur adversaire est essoufflé après avoir survécu à des explosions et avoir été pris pour cible dans une enfilade de fusillades. À en croire la destruction, la mort qu'il vient de semer sur son passage, ils ont la certitude que se trouve devant eux un ange. Ce moment suspendu se brise à l'instant où l'un d'eux resserre la prise sur son arme, un geste automatique plus que dicté par l'intention d'attaquer leur adversaire. Les poings de Caliel se serrent.

Instinctivement, les deux hommes comprennent alors qu'ils ne survivront pas à cette journée, qu'ils ne survivront pas au déchu qui s'avance déjà vers eux.

3 heures après la séparation

LENA

Je ne sais pas où je suis.

Enfin, j'ai bien conscience que je suis prisonnière d'une section de l'armée américaine, si j'en crois ce qui s'est passé sur ce pont reliant Miami aux Keys. Tous ces soldats en treillis, ces hélicoptères, tout cet arsenal d'armes déployées contre nous. Je me suis efforcée d'expliquer mon cas aux hommes qui se trouvaient avec moi dans la camionnette, à tous ceux que j'ai pu croiser alors qu'on m'avait fait descendre pour me guider à l'intérieur de ce qui semblait être un bâtiment en construction. J'ai bien tenté de leur expliquer ce qui m'était arrivé, pourquoi je suis ainsi, je les ai suppliés de me croire que je ne suis pas une menace pour eux. Je leur ai même proposé de travailler pour leur camp – après tout, je pouvais être un agent très utile avec mes nouvelles capacités. J'aurais pu ainsi m'octroyer du temps et avoir des opportunités de les fuir eux et leur guerre contre les anges, à laquelle je ne voulais pas être mêlée. Cela me donnerait du temps. Tout ce que je souhaite, c'est retrouver Caliel, et si possible rejoindre Cuba, toujours dans l'espoir de rejoindre ma mère. Puis de fuir, peu importe l'endroit.

Aucun d'eux n'a pris la peine de simplement m'écouter. Ils se sont contentés de me tenir en joue et de me guider à l'intérieur de cet édifice en béton. Ils s'attendaient sans doute à ce que je leur saute dessus pour les tuer. Et le pire, c'est qu'effectivement j'aurais pu agir ainsi : j'étais bien plus forte qu'eux ! Et même s'ils étaient en surnombre, mon corps a le pouvoir de se régénérer. Mais je ne l'ai pas fait. Je ne me suis pas défendue pour ne pas leur faire de mal. Je refuse d'être capable de tuer sans éprouver le moindre remords, je refuse de devenir un soldat, un ange sans libre arbitre, je refuse de perdre ce qu'il me reste d'humanité. Je les ai laissés m'emmener sans résistance aucune, et maintenant je les laisse aussi m'enchaîner les bras et les pieds à plusieurs piliers, seules structures remplissant un tant soit peu l'espace. Les liens tendus, je me retrouve les bras et les jambes écartés sous le regard des soldats dont le rythme cardiaque ralentit puisqu'ils sont rassurés d'avoir réussi à m'attacher. C'est alors que l'ordre de repli éclate dans leur oreillette. Je n'aurais certes pas pu entendre le moindre son si je n'avais pas une ouïe si développée. Tels des automates, les hommes obéissent immédiatement. Ils s'écartent sans me lâcher des yeux, leurs mitraillettes pointées sur moi. Je les vois alors se déplacer comme dans les films, chacun reculant et tapotant l'épaule de l'autre lorsqu'il double l'un de ses camarades dans une synchronisation qui me fascine, car cela me ramène à la période heureuse de ma vie, lorsque j'étais danseuse. Lorsqu'ils sortent de mon champ de vision, je leur lance :

— Eh ! Attendez !

Contre toute attente, je veux qu'ils restent, je ne veux pas me retrouver seule dans cet endroit sans vie. Mais là encore, ils ne m'écoutent pas et quittent la pièce. J'entends distinctement leurs pieds frappant les marches bétonnées tandis qu'ils descendent la cage d'escalier par laquelle nous sommes arrivés. Je ne comprends pas pourquoi ils ne m'ont pas enfermée dans un complexe sous haute surveillance, pour quelle raison ils m'ont emmenée en ce lieu. Face à leur absence, mon corps réagit instinctivement. Je me mets à tirer sur mes chaînes de plus en plus fort. Les cliquetis métalliques emplissent la pièce alors que je tente de me libérer ; ma nouvelle force n'est pas suffisante. J'ai beau tirer de toutes mes forces, les chaînes ne cèdent pas. C'est alors qu'un grondement terrible se fait entendre, et je comprends pourquoi on m'a emmenée dans ce bâtiment vide. J'ai juste le temps de lever les yeux vers le plafond que la plaque de béton qui la compose s'effondre dans un craquement terrifiant.

CALIEL

Il n'a qu'un seul objectif en tête : retrouver Lena.

Non sans mal, il a enfin réussi à quitter ce pont. Au volant d'une moto volée au dernier barrage qu'il a rencontré, il se dirige tout droit vers la ville, tout du moins ce qu'il en reste. Miami n'avait plus rien à voir avec celle qu'elle avait été avant que les anges ne reçoivent l'ordre d'attaquer deux mois plus tôt. Certaines des tours d'acier et de verre sont en partie intactes, mais pour d'autres, il ne reste que des carcasses, elles ont certainement été ravagées par l'incendie qui a balayé la cité. L'un des plus grands buildings s'est même écroulé sur lui-même, transformant tout ce quartier en décombres. Le bolide de Caliel zigzague à travers une route surchargée de véhicules abandonnés. L'ange déchu aperçoit quelques silhouettes se dissimulant à la vue de tous, des ombres, des hommes. Ceux qui ont survécu à la première attaque, puis à la seconde, avec l'arrivée massive de la seconde vague de l'armée céleste, se terrent. Ils tentent de survivre.

Caliel évite les endroits où se trouvent des militaires. Ils tentent manifestement de maintenir l'ordre. Quel ordre ? Il suffit d'observer cette cité : tout n'est que destruction. La mort plane sur cette ville. Elle se propagera au reste de ce pays, et même au monde entier. Ce n'est pas la première fois que Caliel assiste à la déchéance d'une civilisation de mortels. Il a déjà vu des cités tomber. Avec cette ville, il peut déjà voir les prémices d'un chaos qui a pour conséquence la fin d'un monde. Ce n'est pas la première fois que l'armée céleste reçoit l'ordre de décimer les mortels, de détruire leur création, d'effacer de leur mémoire tout ce qu'ils ont été un jour. Détruire une humanité pour qu'une nouvelle puisse émerger, en espérant que cette fois-ci elle soit une réussite. Caliel était reparti avant que ce ne soit la fin, mais cette fois-ci on lui a coupé les ailes. Il a chuté. Cette fois-ci, il est voué à rester sur Terre, et c'est avec ce désir désespéré de ne pas y faire face seul qu'il cherche l'unique personne qui compte pour lui : Lena.

3 jours
après la séparation

LENA

Une respiration qui s'accélère. La mienne.

Le son se répercute, ce qui m'indique l'étroitesse de l'endroit où je me trouve. J'ai les yeux ouverts, mais je ne vois rien. C'est le noir total. Je me débats, mes poignets, mes chevilles et même ma gorge sont entravés par une sorte de cercle d'acier, si je me fie à la texture, au froid de mes liens. Je réussis à sentir les parois autour de moi. L'angoisse rend mes mouvements limités, saccadés. J'ai la certitude que je suis dans un cercueil, que l'on m'a enterrée vivante, ou plutôt que j'ai dû mourir dans ce bâtiment dans lequel j'étais au moment de l'effondrement. La douleur. Le métal entaille ma peau aux endroits où je suis attachée. C'est cette douleur-là qui me fait comprendre que je me trompe, qu'on n'a pas pu m'enterrer. Et puis mes geôliers ne se seraient sans doute pas donné la peine de me mettre sous terre. Il aurait fallu alors qu'ils retrouvent mon corps parmi les décombres, tout du moins s'il restait quelque chose...

« *Je suis vivante.* »

Et en un seul morceau. J'ai du mal à croire que j'ai réussi à survivre après avoir été écrasée par des tonnes de béton. Nul doute que cela aurait dû suffire. Isolés dans cette maison de campagne, Caliel et moi n'avions eu que peu d'informations quant à ce qui se passait dans le reste du monde, d'autant plus que les différents pays s'étaient refermés sur eux-mêmes, chacun devant faire face aux anges qui avaient envahi leur territoire. Lors d'un bref flash d'informations, nous avions entendu que des anges avaient péri lors de la destruction de San Francisco notamment, des immeubles entiers s'étant écroulés sur eux.

« Comment les hommes peuvent-ils gagner quand on peut leur faire tomber sur la tête un gratte-ciel ? » avais-je demandé à Caliel.

Il ne m'avait pas répondu, ou plutôt, j'avais refusé de comprendre ce que son regard signifiait : « On ne peut pas gagner contre l'armée céleste. »

Je m'agite à nouveau. Il me faut me recentrer sur l'instant présent si je veux retrouver Caliel. Je ne sais pas où je suis ni qui me retient prisonnière, probablement l'armée américaine. Soudain, mon corps se détend, puis je me mets à l'écoute. J'ai compris que les parois qui m'entourent sont en métal. Une cuve. Je suis nue. Dans le noir. Un endroit confiné, mais alimenté en oxygène. J'entends un chuintement, le bruit qu'il fait en passant à travers de petites ouvertures, des tuyaux. J'en suis le cheminement jusqu'aux bonbonnes placées sur ma droite. J'écoute le monde au-delà de cette cuve.

Du monde.

Des hommes.

Huit plus deux femmes. Non. Neuf hommes, l'un d'eux vient d'entrer dans la pièce. Me fiant aux bruits qui se répercutent dans l'espace, j'en évalue sa superficie, et je comprends qu'en fait une bonne partie des gens se trouvent dans une pièce annexe. La mienne ne contient que l'espèce de cuve dans laquelle je me trouve. Je me concentre sur les gens. Ceux qui parlent sont américains. En écoutant ce qu'ils disent, je comprends que ce sont des militaires. Mais pas que. Deux personnes se mettent à parler. Le jargon est médical. Des médecins.

Je suis retenue prisonnière par des militaires et des docteurs.

Des expérimentations.

Je ne suis plus aussi naïve pour croire un instant que cette équipe médicale est là pour m'aider. Pour la millième fois depuis notre séparation, je me demande si

Caliel est en vie. S'il a pu survivre à l'explosion, à sa chute dans l'océan. Le fait même d'avoir pu moi-même survivre à l'effondrement de ce bâtiment me rassure quant à son sort. Je m'accroche à l'espoir qu'il est bien vivant, qu'il tente de me trouver. Peut-être même qu'il va réussir à me sauver. S'il y a une personne qui peut le faire, c'est bien mon Caliel. Sous mes paupières closes, c'est son visage qui s'impose à moi, ses yeux bleus luminescents qu'il avait avant que l'archange Mickaël ne lui arrache sa lumière céleste. Cette même lumière que je porte à présent ; je la sens en moi. C'est elle qui permet à mon corps de se régénérer, elle qui me retient de m'agiter, de hurler pour qu'on me libère. Elle m'apaise en étouffant le moindre sentiment qui m'habite encore et que je suis censée perdre.

Je m'agite à nouveau. Je me suis fait la promesse de ne pas abandonner le peu d'humanité qu'il me reste. Je veux pouvoir aimer Caliel. Être capable de ressentir son amour en retour, aussi longtemps que cela durera. Un chuintement met mes sens en éveil. Quelque chose se passe. Un liquide qui glisse dans un tube de plastique à l'extérieur de l'habitacle, qui le pénètre. J'ai un mouvement de recul ! Quelque chose, un tube en métal, vient de sortir de la paroi pour toucher mon bras droit. Comme je suis entravée, mon geste est sans effet. Je sens l'aiguille s'enfoncer dans ma chair et le produit se diffuser. Il est à présent en moi. L'espace confiné est rempli de mes halètements, tant je suis angoissée. Et alors qu'une brûlure se diffuse de mon bras au reste de mon corps, je comprends que j'ai raison de l'être.

CALIEL

Il est perdu.

Il a perdu Lena, et sans elle il ne sait pas où aller, il ne sait pas quoi faire.

Il réalise qu'il est comme tous ces mortels qu'il voit, qu'il évite. Eux non plus, ils ne semblent pas savoir que faire si ce n'est se terrer, attendre que le danger passe. Mais le danger est partout. Il est omniprésent même si, jusqu'à il y a peu, les hommes insistaient à croire le contraire. Ils refusaient de voir la vérité en face. Caliel éprouve de la colère contre lui-même de se sentir si démuni. Un profond regret de n'être plus un ange. Et ce n'est pas la première fois qu'il ressent cela depuis sa chute. Quand il était un ange, il n'était pas tourmenté par le choix. Incapable de libre arbitre, il suivait les ordres, telle était sa raison d'être. Mais maintenant. Maintenant qu'il est un déchu, il n'a de cesse de s'interroger sur ce qu'il doit faire. Il doute. Il ne veut pas avoir le choix, comme celui qui se présente à lui. Juché sur sa moto, il arrive à un croisement. Il connaît ce croisement ; ce n'est pas la première fois qu'il passe par là. En fait, depuis des mois, il fait des boucles autour de Miami dans l'espoir que Lena se trouve dans les parages. Bien sûr, il prend soin de toujours rester en mouvement. Mais il a beau l'avoir cherchée, il ne l'a pas trouvée. Il a bien attaqué des convois militaires, interrogé les hommes sur un ange qui serait tombé entre leurs mains. Leur consigne est très claire : en tuer autant que possible.

Voilà le choix. Sur cette route, Caliel se trouve à la croisée des chemins. Prendre à droite et revenir vers Miami, vers sa mission, vers ce qu'il connaît, ou prendre à gauche pour tenter une nouvelle approche, explorer un nouveau territoire, l'inconnu. Jusqu'ici, il a cru que le plus grand malheur d'être « tombé », c'était cette capacité à ressentir des émotions. Mais prendre des décisions en étant incertain des conséquences de son geste, pour lui, c'est cela le fléau des hommes, le fléau des déchus.

Il tourne à droite, incapable de se lancer dans l'inconnu. Il s'accroche de toutes ses forces à l'espoir de retrouver Lena, celle qui reste sa mission.

3 semaines
après la séparation

LENA

La douleur, toujours elle. Minutes, jours, semaines…
le temps se suspend dans une attente aussi angoissante
qu'agréable, car, à l'instant où le temps reprend son
cours, c'est lorsque ces hommes tentent à nouveau de me
tuer, toujours avec un nouveau procédé. Alors, je me
retrouve noyée dans la douleur. L'attente et la douleur,
voilà ce qui résume à présent ma vie.

L'humanité est si inventive... Les gaz mortels, le
courant électrique, et même le feu ! Mais pour moi, les
injections sont les plus douloureuses, les plus insidieuses.
Le produit envahit mon corps et accomplit son œuvre
destructrice. Revient alors la douleur, seule sensation que
je suis capable d'éprouver à présent. Plus rien d'autre
n'existe. Je ne sais combien de fois je les ai suppliés
d'arrêter de me faire du mal, combien de fois j'ai failli
mourir dans leur plus totale indifférence. Même la mort

se refuse à moi. Jamais je n'aurais pensé devoir l'appeler, la désirer plus que n'importe quoi d'autre en ce monde. Et pourtant, je survis à chacun des traitements que ces hommes me font subir. Un nombre incalculable de fois j'aurais dû succomber. L'odeur de ma peau brûlée, celle plus entêtante de mon sang lorsqu'ils ont tenté de m'exsanguer. J'ai enduré tant de douleurs que mon cœur aurait dû cesser de fonctionner tant il battait furieusement. Ces militaires n'arrêtent pas de mettre mon corps à l'épreuve. Ils tentent de savoir jusqu'à quel point il peut résister, ils cherchent à trouver un moyen pour mettre fin définitivement à ma vie. Jusqu'ici, ils n'ont pu y parvenir et je les hais d'autant plus pour cela.

L'attente, le calme, la non-douleur. Je reste allongée, immobile. Je ne tente plus de m'échapper de cette prison métallique, de ce complexe en béton rempli de soldats armés. Avec de la concentration et du temps, j'ai appris à en discerner chaque pièce, chaque recoin. J'ai sous-estimé les changements qu'a eus sur moi l'élévation, le terme que l'on utilise quand un Néphilim devient ange.

Je reste allongée, immobile. Je ne tente plus rien pour fuir ces hommes qui ne me font que du mal. Allongée là, je fixe le plafond par la petite lucarne. Le blanc. Cette couleur me rappelle Caliel, la tenue qu'il portait lors de notre première rencontre, puis les premiers jours que nous avons passés ensemble. Mais ces souvenirs-là s'estompent à chaque fois que, la douleur devenant insoutenable, je laisse la lumière céleste m'envahir. Moins je me souviens et moins j'ai de sentiments, et plus je deviens un être angélique. Jusqu'au point où même ce blanc que je fixe ne réussit pas à réanimer en moi l'envie de revoir Caliel. Je n'ai plus la moindre envie. Si j'avais été capable de désirer quelque chose, ça aurait été le sommeil. Oh oui... Dormir pour ne penser à rien, pour n'être plus là, plus moi. Mais en tant qu'ange, je ne dors plus. Cela fait longtemps que je ne sais plus ce que c'est. Les seules fois où on m'accorde le droit de m'arracher à cette réalité cruelle, c'est quand je sombre dans l'inconscience, entre la vie et la mort. Pourtant, à chaque fois, je reviens à moi pour mon plus grand malheur. Je reviens et je fais face à rien de moins que l'Enfer, et cet enfer s'apprête à se déchaîner contre moi, car dans la pièce le rythme a changé. Les gens se déplacent plus vite, parlent davantage. Je sais alors qu'ils s'apprêtent à lancer une énième expérience dont je suis le cobaye. Je rentre en moi, laisse la lumière m'envahir. Je n'ai pas le choix.

CALIEL

Les jours d'errance s'envolent en semaines sur cette terre en proie au chaos. La guerre fait rage entre les anges et les humains, mais également entre les humains eux-mêmes ; l'armée américaine doit combattre sur les deux fronts. Il lui faut pourchasser des anges qui se dissimulent dans ce pays où l'état d'urgence a été déclaré, l'isolant du reste du monde. Ces militaires qui autrefois se battaient sur d'autres territoires doivent parcourir le leur pour éliminer toute créature céleste. Le second combat se mène contre ce peuple qu'ils ont pour devoir de protéger. Il leur faut maîtriser la population qui se soulève, qui réclame que les institutions censées les protéger éradiquent la menace céleste. Des mouvements de panique éclatent un peu partout. Tous les systèmes sur lesquelles s'appuyaient les hommes jusqu'ici s'écroulent. Les gouvernements tombent les uns après les autres ; les anges n'ont fait qu'amorcer le processus. Ils resteront sur Terre jusqu'au moment où le point de non-retour sera atteint, jusqu'à ce que les hommes se chargent eux-mêmes de s'autodétruire. Créer et détruire, ce sont ce qu'ils savent faire le mieux. Ils l'ont déjà fait par le passé, même s'ils l'ignorent. La fin d'une humanité et la naissance d'une autre. Peut-être que la prochaine répondra enfin aux attentes qu'a le créateur pour eux.

Quant aux anges, le moment du départ venu, ils recevront l'Appel. Ils s'envoleront vers leur demeure céleste.

On voit apparaître des milices dans les petites villes. Ces gens-là arrivent à vivre en autarcie, récoltant ce qu'ils peuvent de leur terre. Ils commencent à ériger des barricades autour de leur comté afin de se protéger des anges, mais également des hommes qui fuient en masse les grandes agglomérations. Pourtant, l'état d'urgence interdit aux gens de se déplacer. Une partie de la population est contrainte de désobéir, risque de se faire arrêter par l'une des patrouilles de l'armée. Car c'est dans les métropoles que la situation est la plus désastreuse. Elles ont été les premières cibles de l'attaque soudaine de l'armée angélique. Certaines d'entre elles, comme San Diego, Boston ou St Louis, ont été entièrement ravagées par les flammes. D'autres ont subi des bombardements intensifs. Quatre mois après le début de la guerre, ces villes, qui faisaient la fierté de ce peuple, sont désertées. Par manque d'approvisionnement, de vivres et malgré l'ordre à la population de ne pas sortir des habitations, les gens désertent les centres urbains, espérant trouver à la campagne de quoi survivre. Caliel a pu observer de ses propres yeux ces convois plus ou moins grands de gens qui se retrouvent sur la route. Certains sont véhiculés mais, là encore, l'essence devient un bien rare à présent que les États-Unis ont interrompu le commerce extérieur. D'après ce que Caliel a saisi des informations qui passent en boucle à la télévision ou à la radio, ce n'est pas tant le fait du gouvernement américain d'avoir interrompu les relations avec le reste du monde. Ce sont les autres nations qui ont cessé de répondre. Caliel se doute que les autres pays vivent la même chose que celui dans lequel il se retrouve piégé. Pour certains, la situation doit être pire encore que ce territoire suffisamment vaste et diversifié pour permettre à des millions d'âmes de subvenir à leurs besoins primaires.

Comme eux, Caliel s'est lancé sur les routes. Comme eux, qui tentent de retrouver leurs proches, ceux qui comptent pour eux, il est à la recherche de quelqu'un. Une seule personne à de l'importance : Lena. Sans elle, il n'a plus de raison de continuer. Sans elle, il n'a plus de raison d'être. En tant qu'ange, son devoir était la raison de son existence. En tant que déchu, il ne lui reste plus rien que cette mission qu'il s'est donné de mener à bien, celle de veiller sur la sécurité de Lena.

La Floride est ravagée par une épidémie provoquée par les milliers de corps qu'a laissés derrière elle l'armée angélique. Tous fuient pour ne pas succomber à la maladie, leur l'enveloppe charnelle étant si fragile. Les militaires aussi ont déserté cette lande de terre, et Lena doit être avec l'un de ces groupes. Après des moments de doute, d'hésitation, Caliel a enfin fait un choix : partir et continuer à rechercher Lena, qu'importe s'il lui faut explorer le reste du monde pour la trouver.

3 mois
après la séparation

LENA

Je reste allongée, immobile. J'attends le bon moment. Je peux attendre ainsi indéfiniment. La douleur, je ne la ressens plus ; la lumière m'en protège. Attendre le bon moment. Je les entends. Ils sont dans ma tête. Au début, j'ai tenté de rejeter les appels des autres anges qui tentaient d'entrer en communication avec moi. C'était le temps où je me refusais encore de devenir celle que je suis, l'une des leurs. Je pourrais penser que c'est à cause de la lumière céleste qui vit à présent dans chaque cellule de mon être que j'accepte de les écouter, mais ce n'est pas le cas. Car contre toute attente, je suis encore moi-même ; tout du moins, une partie de Lena subsiste. Je suis encore capable d'avoir des sentiments. Ainsi, malgré tout ce que j'ai enduré ces derniers mois, cela n'a pas totalement détruit ma part d'humanité. Seulement deux émotions, mais sans nul doute les plus puissantes que l'on puisse ressentir : de l'amour et de la haine.

Mon amour est pour Caliel, que je souhaite retrouver. Quant à ma haine, ma haine est envers mes geôliers et je ne rêve que d'une chose : les détruire... les détruire jusqu'aux derniers. J'attends le bon moment pour frapper.

Ils arrivent. Les anges.

Je leur ai donné toutes les informations pour me retrouver. Et lorsque les cris résonnent dans le complexe, je sais qu'ils sont parvenus jusqu'à moi. Alors, je me mets à frapper, de toutes mes forces. Je frappe encore et encore, qu'importe si je me brise les os sur l'acier qui me retient prisonnière : ma lumière se chargera de me réparer. Je frappe pour indiquer à mes semblables où je me trouve exactement. Ils se rapprochent. Il suffit d'entendre les fusillades et les corps tombés sur le passage des anges qui se dirigent vers moi. Je frappe, et le métal cède peu à peu. Tant de fois j'ai retenu mes coups pour ne pas donner une seule occasion à mes geôliers d'employer des moyens extrêmes pour me tuer. Car ils auraient pu réussir à me détruire définitivement. Je les ai donc laissés faire leurs expérimentations sur moi, laissés penser que je pouvais leur être encore d'une quelconque utilité.

Je frappe d'une force dont je ne me serais pas cru capable. Le couvercle est arraché de ses gonds qui viennent enfin de céder. D'un monde d'obscurité, je me retrouve noyée dans un monde de lumière. Une brève seconde, et ma vue s'ajuste. Une autre seconde et je me retrouve sur le carrelage. La texture contre mon corps nu est différente. Je me relève comme si cela ne faisait pas de longs mois que je ne m'étais tenue debout. Un regard sur mon environnement direct apporte de nouvelles informations à l'image que je m'en étais faite. La baie vitrée qui sépare la pièce dans laquelle je me trouve de celle où se tiennent encore des docteurs et soldats est plus large que je ne l'avais pensé. Certains me fixent avec angoisse. L'un d'eux regarde la console entre nous. Il bondit vers l'avant, probablement pour déclencher les explosifs dont ils ont évoqué la présence dans la pièce. Il est prêt à se sacrifier, sachant que le souffle de l'explosion ne leur laisserait aucune chance. Je bondis vers l'avant. Il ne me faut qu'une fraction de seconde pour atteindre la vitre qui éclate en des milliers de fragments au moment où je la percute, bras tendus vers l'avant. C'est à peine si je sens le contact du verre trempé sur ma peau. Je perçois un homme devant moi, tandis que je retombe dans l'autre pièce. Avant même qu'il ne puisse baisser son arme vers moi, accroupie, je me relève et le frappe du plat de la main en plein plexus. Son corps est projeté en arrière. Je n'attends pas qu'il aille percuter le mur à plusieurs mètres derrière lui – la force que j'ai appliquée étant suffisante pour cela – et me préoccupe de la dizaine d'autres personnes autour de moi. Ils ne bougent pas, c'est tout du moins la sensation que j'ai tant ils se déplacent lentement. Je m'élance. Méthodiquement, je me concentre sur une personne à la fois. De mes poings, coudes et genoux, je brise les membres, les cages thoraciques, les crânes. Je choisis chacun de mes coups pour un résultat optimum, expéditif. Il ne me faut que quelques secondes pour tous les mettre à terre. Parmi les halètements, les lamentations, une voix s'élève, supplie :

— Pitié.

Je m'approche de l'homme. C'est le docteur Jordan, un assistant en biologie du Michigan. Je sais qu'il a vingt-sept ans, qu'il a une femme, Rosie. Pas d'enfant. Je suis également au courant qu'il travaille pour l'armée pour rembourser la dette qu'il a contractée pour financer ses longues études. Des bribes d'informations que j'ai su capter des conversations qu'il a eues avec ses collègues et de ses échanges téléphoniques avec ses proches. Je sais tout cela, mais je le regarde alors qu'il agonise sous mes yeux comme lui l'a fait tant de fois avec moi. Il n'a rien tenté pour me venir en aide. À aucun moment il n'a essayé de s'opposer à ce qu'ils ont osé me faire endurer. Je le regarde sans éprouver la moindre émotion jusqu'à ce que j'entende son dernier soupir, qu'il exhale avec difficultés, et se fige. Alors seulement je l'enjambe pour me diriger vers la sortie.

Je m'engage dans le couloir, puis prends à droite. Un homme accourt dans ma direction. Il tire sur moi, et les balles perforent mon corps nu. J'en perçois chaque impact sans être affectée par une quelconque douleur. Je sens également mes tissus se résorber quand les projectiles traversent mon corps de part en part. Quant à ceux figés dans ma chair, ce n'est qu'une question de secondes avant qu'ils ne soient expulsés par mon organisme. L'homme cesse de tirer, recule alors que j'arrive vers lui. Il me tourne le dos, prêt à fuir. D'un simple mouvement, je l'attrape par le col de sa veste militaire et tire vers le bas. Il meurt à l'instant où son corps touche le sol, la nuque brisée. Je l'enjambe et continue vers les autres, qui se sont regroupés à l'extrémité du couloir que je remonte.

Je perçois les vibrations d'une explosion avant même d'en entendre la détonation. Ils ne le savent pas encore, mais ces hommes vers lesquels je continue d'avancer sont déjà morts. J'entends le rugissement du feu derrière moi. J'en vois certains se redresser alors qu'ils viennent pourtant de poser un genou au sol pour me tirer dessus dans une ligne défensive presque parfaite. Une demi-seconde plus tard, le souffle incendiaire est sur moi. Les flammes enrobent mon corps nu, embrasent ma peau, mes cheveux et continuent leur course vers ceux que je n'aurai pas besoin de combattre, finalement. Lorsque j'arrive sur eux, ils ne sont plus que des corps brûlants et fumants. Certains s'agitent encore. Alors que je sens mon corps se régénérer, mes cheveux repousser, je tourne sur la gauche pour apercevoir à l'autre extrémité de ce nouveau corridor le souffle incendiaire continuer son chemin. Ne restent sur son passage que les traces de suie sur les murs en béton armé et les corps calcinés jonchant le sol. C'est le spectacle qui s'offre à moi avant que j'atteigne enfin l'extérieur.

Sans marquer d'hésitation, je m'avance dans la lumière. La sensation de mes pieds s'enfonçant dans de la boue est étrange. Je ne réalise qu'avec un temps de retard qu'il pleut. Je m'arrête, lève une paume vers le haut pour sentir le contact de chaque goutte de pluie sur ma peau. C'est alors qu'on me tire dessus. Encore.

Je lève la tête, repère les tireurs. Ils ont changé de trajectoire et tentent d'atteindre l'ange qui vient d'accourir vers eux. La tête penchée, je l'observe se déplacer entre les hommes, fauchant de son épée nos adversaires. Ce sont surtout les giclées de sang que je vois même à une centaine de mètres de distance, qui attirent mon attention. Je les observe éclabousser le paysage d'un rouge rubis jusqu'à ce qu'un ange se place devant moi, me privant de ce spectacle. Je me contente de lever la tête, de lui rendre son regard. Le vert lumineux de ses yeux est tout aussi fascinant pour moi que l'étaient les giclées sanglantes. Comment se regard peut-il contenir autant de couleurs, de luminosité ?

Il me tend un bâton dont je me saisis immédiatement. Il se détourne et je le suis sans poser de questions. L'arme céleste en main, il rejoint alors un premier homme qui agonise sur le sol, l'une de ses jambes arrachées. Il le tue, empalant son épée au niveau du cœur, puis reprend sa route. Je le suis jusqu'à sa prochaine victime auprès de laquelle il s'arrête le temps d'un battement de cœur ; ce sera le dernier de celui qu'il tue. Puis nous reprenons notre chemin jusqu'aux survivants suivants. Cette fois-ci, ils sont cinq et j'aide à achever nos ennemis. L'ange à la longue chevelure brune qui s'est chargé des soldats qui m'avaient tiré dessus nous rejoint. Et comme nous, il met fin aux vies que nous rencontrons sur notre passage jusqu'à ce qu'il ne reste plus aucun humain en vie sur cette base. Je ne sais combien de temps cela nous a pris, sûrement plusieurs heures. À nous trois, nous avons ratissé le moindre recoin du lieu dans lequel s'étaient dissimulés des gens, à l'extérieur comme à l'intérieur. Je me contente de suivre mes semblables lorsqu'ils finissent enfin par quitter la base et se dirigent vers la ville la plus proche, puis la suivante.

CALIEL

Caliel se sent perdu. Il a de plus en plus de difficultés à repousser ces sentiments qui entravent son jugement, qui n'ont de cesse de remettre en question la moindre de ses décisions, déjà qu'il a tant de mal à en prendre. Un genou posé à terre, à l'abri derrière un rocher, il observe en contrebas les lumières d'une bourgade.

« Ce n'est pas une bonne idée. »

Pourtant, il hésite. Cela fait si longtemps qu'il n'a pas croisé âme qui vive, qu'il n'a ne serait-ce que parlé à quelqu'un. Il a appris que la solitude peut être une autre forme de souffrance à subir. Cela ne l'avait jamais interpellé auparavant. Durant toute son existence, il n'a jamais été seul, à aucun instant. Il réalise alors, contre tout jugement logique, qu'il a besoin des autres. Caliel ne peut s'empêcher de ressentir de la colère. Une colère froide contre lui-même de se sentir incapable de rejeter toute forme d'émotion. Elles ne font que prendre de l'importance à chaque jour qui passe. Il avait tort de penser que s'il se coupait du monde, loin de toute occasion d'éprouver des sentiments, loin des autres, alors il arriverait à conserver sa maîtrise. Lena avait raison. C'est auprès d'elle qu'il a pu expérimenter ses premiers émois. Le souvenir qu'il conserve d'elle n'en est que plus douloureux.

« Comment une seule personne peut-elle engendrer autant d'émotions ? »

Et cette envie de rejoindre d'autres personnes, qui le pousse à prendre des risques démesurés, car il ne fait aucun doute qu'il lui faut rester seul, loin des hommes, loin des anges s'il souhaite survivre pour mener à bien sa mission.

« Je ne serai plus seul lorsque je l'aurai retrouvée. »

Avant d'en être incapable, il se redresse lentement. Son regard bleu fixé sur sa lumière dans la nuit noire, sur cette vie en lui, il recule jusqu'à ce que sa silhouette s'enfonce dans la dense végétation, dans l'obscurité. Caliel souffre. C'est une âme en peine, un déchu dont le tourment sera de vivre éternellement et d'en ressentir chaque moment.

1
LA SOLITUDE

Je tombe, inexorablement.

Ce n'est pas la première fois que je perçois la friction de l'air sur ma peau, l'attraction de la Terre. La chute elle-même aurait dû me tuer. Mais la régénérescence de mon corps me permet de rester conscient, entier. Puis vient le moment où mes ailes se consument dans les flammes. Elles partent en fumée. Quitter notre demeure entraîne inexorablement la perte de nos ailes. Seuls les archanges peuvent les conserver afin de se déplacer du royaume céleste à celui vers lequel je me dirige, terrestre. Lorsque l'Appel sonnera à l'instant du départ, il sera accordé aux anges de retrouver leurs ailes, et ainsi de s'élever pour rentrer chez eux. Ainsi se passe chaque voyage sur Terre.

À présent que j'atteins une altitude plus basse, il m'est possible de délier mes membres jusqu'à présent repliés contre mon torse sous la force de la gravité. Je sens le vide tout autour de moi, cette sensation de liberté totale de flotter ainsi dans les airs.

Retour dans la réalité. Ce que je revis appartient au passé, à mon arrivée la plus récente sur la Terre. J'en ai parfaitement conscience. Je possède encore cette capacité à retrouver ces instants grâce à ce que les humains appellent des souvenirs, des réminiscences, voire des rêves. Je peux revoir toute la scène avec autant de précisions que si j'étais en train de la vivre. Odeurs, images, sons... C'est généralement très instructif pour un ange de pouvoir ainsi étudier ses actions passées dans le contexte et de pouvoir en tirer des leçons afin de s'améliorer.

En revanche, pour le déchu que je suis, il m'est possible de ressentir des émotions que j'avais été incapable d'éprouver à ce moment-là. Comme l'impact avec le sol, violent, brutal. Ce moment est arrivé bien plus vite que je ne l'aurais pensé. La souffrance éclate, si puissante. Ce n'est pas tant le résultat de la chute. Respirer à nouveau, être agressé visuellement par la forte luminosité, les sons ambiants si assourdissants. Non, ces douleurs sont physiques, donc maîtrisables.

La souffrance la plus importante à laquelle je dois faire face est celle de n'être plus en sommeil. D'avoir été arraché à la paix, ou plutôt la non-existence de soi dans laquelle baignent les anges dans leur demeure éternelle en attendant d'être appelés. Une sensation qui n'appartiendra plus qu'au passé. Une part de moi espère encore pouvoir retrouver ma place parmi les miens lorsque l'Appel arrivera, pouvoir comme eux m'élever dans les cieux et plonger dans cette plénitude bienheureuse. Mais je sais que c'est impossible, à moins que je ne retrouve ma grâce, et seul un archange peut me la rendre. Je doute fort que Michaël, le seul à être sur Terre, me l'offre après m'avoir jugé et me l'avoir arrachée. Et puis je refuse de partir, en tout cas je ne partirai pas sans Lena à mes côtés.

Afin de me libérer de cette douleur, je décide de voir la scène en tant qu'un témoin extérieur, puisque je maîtrise également cette particularité. Ainsi, je me retrouve à une certaine distance de l'ange que j'ai été, tout vêtu de blanc et encore accroupi. Il a même les cheveux longs, alors qu'à présent mon crâne est rasé. J'ai coupé ma longue chevelure pour suivre l'exemple des humains qui veulent se distinguer du premier coup d'œil de leurs ennemis. Ce n'est pas la première fois que je peux m'observer. Lena m'avait donné comme exercice de me mettre face à un miroir pour apprendre à me connaître. Consciencieux, je m'étais examiné sous toutes les coutures. Observant ma version passée, j'étudie tous les changements qui se sont opérés en seulement une année.

À présent, je ressemble bien plus à un homme qu'à un ange. Ma tenue se compose d'un t-shirt, d'un jean et de rangers. Ah oui ! Et d'une nouvelle veste de camouflage vert kaki que j'ai volée à un militaire après l'avoir tué. Cet ange devant moi me semble si propre, lumineux, parfait. Alors que moi, je suis couvert de traces de boue, de sang et de crasse sur le visage, les mains, les habits ; je ne me suis pas lavé depuis plusieurs jours. En fait, je tente de mettre le plus de distance entre moi et le dernier convoi militaire sur lequel je suis tombé.

Une simple pensée, et la scène se fige – les humains sont incapables d'avoir un tel contrôle sur leurs souvenirs. Mon attention se porte sur Lena. C'est pour elle que je revis ce moment, celui de notre première rencontre. Je trouve cela réconfortant de pouvoir la revoir. Cela me donne l'impression qu'elle se trouve à mes côtés, que j'ai réussi à la retrouver, que je ne suis plus seul. Elle est telle que je l'ai vue sur ce pont voilà de cela 92 jours. Pour la première fois, je réalise à quel point les traits de son visage sont harmonieux, tout comme le reste de sa personne. De par son héritage angélique, elle est dotée d'un physique agréable, tout du moins aux yeux des mortels. Je ne suis plus indifférent à sa beauté. Elle me touche, m'attire. Mais un autre sentiment m'envahit à cet instant. Je n'aime pas lire cette angoisse qui déforme ses traits. Elle a si peur et mon premier réflexe est de vouloir la protéger. Pourtant, je ne peux avoir aucun impact sur cette scène appartenant au passé. Un spectateur, un témoin, voilà ce que je suis.

Le regard de Lena est fixé sur l'ange que j'étais alors et qui est apparu entre elle et l'homme qui l'a agressée. Une couche de poussière est en état de suspension tout autour d'eux, floutant l'image du trio qui se trouve à une certaine distance. Je me demande encore comment elle n'a pas vu l'impact que j'ai laissé au sol lors de mon atterrissage. Pourtant, elle m'avait affirmé le contraire lors de nos moments passés ensemble. En observant brièvement l'ange, je réalise à quel point nous sommes différents, lui et moi. Le même visage, mais le sien est si lisse ! Pas seulement parce qu'il est comme les autres qui sont figés. Une longue chevelure châtaine le dissimule en partie. Je me suis rasé la tête 23 jours plus tôt pour suivre l'exemple de la majorité des hommes ne voulant encourir le risque d'être confondus avec leurs ennemis. Et l'ennemi se trouve là, devant moi, dans sa tenue blanche faite d'un pantalon et de bottes montantes. Maintenant, je suis si différent de celui que j'ai été. Lena sera-t-elle capable de me reconnaître si je réussis à la retrouver ? Est-elle ne serait-ce qu'en vie ?

Je m'avance déjà vers elle dans ce décor figé. Mes rangers frôlent le sol recouvert de gravier sans émettre le moindre son. Je pose un genou au sol pour me mettre au niveau de Lena. J'ai le souhait qu'elle me voie pour croiser une fois encore son regard. Bien sûr, elle ne tourne pas la tête dans ma direction. Elle serait bien incapable de me voir si je laissais la scène se jouer. Je ne suis pas vraiment là, à ses côtés.

Figée dans le mouvement de recul pour s'écarter de son agresseur, elle est fortement penchée en arrière en appui sur ses mains, ses genoux légèrement relevés devant elle. Je remarque dessus les écorchures ainsi que les marques sur son visage, preuve des coups reçus par cet homme dont le bras tendu et armé est dirigé vers elle. Je ne peux réprimer une colère sourde pour ce que cet homme lui a fait.

À nouveau, il me faut me forcer au calme. Depuis ces dernières semaines, cela requiert davantage d'efforts de ma part. Ce sentiment de colère, je ne le connais que trop. En fait, il résume mon quotidien depuis que Lena m'a été enlevée. Je perds le contrôle sur ma concentration et contre mon bon vouloir, l'action reprend son cours.

Le souffle court et angoissé de Lena se fait entendre à nouveau ainsi que la respiration de l'autre qui se bloque, car il est surpris par l'arrivée si soudaine et étrange de cet individu entre eux. Le regard de la jeune femme reste fixé sur l'ange bien qu'elle ne réalise vraiment sa présence que lorsqu'il tourne la tête vers elle. Il ancre son regard d'un bleu lumineux sur celui de la « mortelle », tout ce qu'elle était alors pour moi. Telle une réminiscence, je perçois à nouveau ce que j'avais lu en elle à cet instant. Une âme qui n'a rien à se reprocher si ce n'est quelques mensonges ou actions malveillantes mais bien puériles, comme l'expérimentent tous les humains. Rien qui mérite un quelconque châtiment. Puis je la perçois. Elle est là, cette fragrance de grâce qui prouve qu'il est arrivé au bon endroit et au bon moment. Il a trouvé celle pour laquelle il est tombé. Sa mission.

Où qu'elle se trouve, Lena doit encore penser que notre rencontre a été fortuite. Il n'en est rien. J'ai été envoyé sur Terre uniquement pour la retrouver, pour la protéger. Et j'ai échoué. Le regard de l'ange ne s'attarde pas comme je le fais sur Lena. Il se détourne au profit de l'homme de l'autre côté : l'individu armé. Tant d'agressivité dans cette âme qui l'a conduit à tuer par le passé. C'est également ce sort qu'il réservait à Lena avant que je m'interpose alors.

Agir sans délai : voilà ce que l'ange doit se dire à cet instant, ce que je me suis dit à ce moment.

Et tout en observant la scène d'un point de vue extérieur, je peux encore percevoir le poids de mon bâton dans la main et la sensation que cela procure lorsque, d'une pression du pouce à un endroit bien précis du cylindre, il se transforme en épée, mon arme de prédilection. Alors que la scène se passe sous mes yeux, je reproduis mentalement les gestes de l'ange lorsque la lame file, effleure le ventre de l'homme armé avant qu'il ne s'éloigne. Je ne peux me montrer aussi indifférent que je l'ai été par le passé. Je fixe celui que j'avais alors mortellement blessé, et ce, en toute connaissance de cause. Il est l'une de mes victimes parmi un nombre incommensurable. Il m'arrive de me réveiller en pleine nuit, hanté par l'un de leurs visages, l'un de mes combats. J'avais conscience en revivant cette scène que j'allais devoir faire face à l'un de ceux que j'avais tués, mais le désir de revoir Lena avait été le plus fort.

Lena. Elle aussi avait été le témoin de ce meurtre, de ce que je suis capable de faire, et pourtant elle m'aime. Elle me l'a affirmé. Je la regarde, elle. Ça aussi, je suis capable de le faire : observer des événements auxquels je n'ai pourtant pas assisté. Ce que je vois à présent, je n'avais pu le voir à l'époque, car je me trouvais de dos après m'être éloigné d'eux. Car c'est bien plus qu'un souvenir, que je revis, c'est une forme de projection dans le passé. Cependant, cette capacité a ses limites. Observer, oui, agir ou défaire ce qui a déjà eu lieu, impossible.

Une nouvelle fois accroupi à côté d'elle, je discerne clairement toutes les émotions qui passent dans ses beaux yeux marron. La surprise, le sentiment d'abandon face au départ de l'ange, puis l'incompréhension qui laisse rapidement place à la peur d'être agressée, voire tuée par cet homme qu'elle croit encore être une menace pour elle. Je fixe son visage, si expressif : le reflet d'une âme pure, si pleine de vie. Un sursaut d'instinct de survie la pousse à se relever pour attraper le pistolet que l'autre a laissé tomber. S'affiche dans son regard la surprise, vite remplacée par de la pitié lorsqu'elle comprend que son agresseur est blessé. La compassion, la bonté la poussent à porter secours à cet homme qui n'a montré que mépris et violence à son encontre. Elle se croit si faible alors qu'elle possède tant de force en elle. Je regarde cette femme qui serre la main ensanglantée du blessé dans les siennes puis…

Le danger.

Je m'éveille, toujours accroupi, survole mon environnement direct en perçant de mon regard la pénombre. Le soleil n'est pas encore couché, de rares puits de clarté percent le feuillage. Telles des bulles dans ma tête, éclatent alors les derniers instants que j'ai vécus avant de m'accorder le droit de retrouver Lena en revivant notre première rencontre. Je me revois m'allonger sur ce tapis d'épines sur lequel je me tiens accroupi au cœur de la forêt dans laquelle j'avais pénétré quelques heures plus tôt. Je grimace : j'avais bien trop tardé à m'accorder un peu de repos. La preuve en est que j'aurais dû être alerté bien plus tôt, mais je rencontre encore quelques difficultés à m'habituer à certaines faiblesses physiques découlant de ma déchéance ou de simplement les accepter. En alerte, j'écoute le moindre bruit, la moindre odeur qui pourrait me révéler la localisation, le type d'individu dont j'ai perçu l'approche. Mon regard fixe un point sur ma droite. Des craquements de branches.

Pas un animal. Un humain. Petit gabarit.

Un ange ne ferait pas autant de bruit et se déplacerait bien plus rapidement que celui qui s'éloigne de là où je suis. Impossible de relâcher ma garde pour autant. Je me relève à demi et me glisse derrière l'arbre le plus proche. Ma main droite serre le manche du couteau que je ne lâche pas même lorsque je dors. Ce n'est pas mon arme céleste, mais c'était toujours mieux que rien. Adossé au tronc, je laisse s'éloigner cette personne. Ce n'est pas la première fois que je croise des gens, mais jusqu'ici, aucun d'entre eux n'a remarqué ma présence, et ils continuaient leur chemin tandis que je reprenais le mien. Je fronce les sourcils en notant l'accélération soudaine de celle ou celui qui m'a sorti de mon rêve. Deux, non trois autres individus approchent. D'après ce qui me parvient de leur course, ils poursuivent le petit gabarit, probablement une femme. Les autres sont trop rapides, et rattrapent leur proie. J'entends distinctement la chute du petit corps. J'hésite.

Cela fait bien longtemps que je ne me suis pas interposé dans les affaires humaines, et les violences comme celles à laquelle j'assiste en restant toujours à distance sont monnaie courante chez les mortels, et ce, même avant que ne débute vraiment la « guerre céleste ». C'est le terme qu'emploient à présent les hommes pour nommer le combat qu'ils mènent contre les légions angéliques. Mais c'est une autre bataille qui se joue à une quinzaine de mètres de moi.

Je prends la décision de me rapprocher. Juste pour observer. J'ai bien conscience que c'est une excuse que je me donne pour agir. Je zigzague entre les arbres, ombre furtive que peu de personnes seraient capables de détecter. Des cris s'élèvent alors que je parviens à proximité de trois hommes tentant de maîtriser celui qui se démène sur le sol entre eux. Car ce n'est pas une femme, mais un garçon qui tente de fuir ses agresseurs. Le visage en sang, il rampe sur le sol, ses doigts s'agrippant à la terre humide.

— Viens par là, toi !

Cet ordre est bien inutile de la part de celui qui tire jusqu'à lui le garçon d'une prise sur ses jambes. Un autre s'occupe déjà de défaire sa ceinture, une expression de lubricité déformant son visage pour ce qu'il s'apprête à faire à l'enfant.

Je suis un guerrier. J'ai été créé ainsi. Et comme tout guerrier, je ne recherche qu'une chose : un combat auquel participer pour pouvoir simplement exister. Je n'hésite plus.

2
LA COMPASSION

Quittant la zone d'ombre, j'accours vers les hommes, qui n'ont pas le temps de réagir. Mon premier adversaire relâche la ceinture à demi-défaite pour porter ses mains à son cou d'où s'échappe un flot de sang. Ses doigts glissent, tentent de maintenir les lèvres de la plaie ouverte, sans résultat. Il s'écroule. Son appel à l'aide ressemble plus à des gargouillis qu'à des mots qu'il ne pourra plus jamais émettre. Désespéré, dans l'incompréhension de ce qui lui arrive, il tourne un regard suppliant vers celui qui tombe à côté de lui. La dernière image que cet homme emporte dans la mort est celle d'un couteau planté dans le crâne de son cadet avant que, d'une main, je la retire d'un geste sec. La lame s'est brisée en s'enfonçant dans la tête de mon second adversaire. J'éprouve un certain regret : le couteau ne me servira plus à rien maintenant. J'ouvre ma main ensanglantée pour relâcher l'arme inutile, puis resserre le poing tout en pivotant vers le dernier adversaire auquel j'administre une série de coups. Je sens la mollesse de certaines parties de ce corps et une faible résistance dans d'autres, avant que les os ne se brisent sous l'impact de mes phalanges. Un dernier uppercut en plein visage et le craquement sonore qui se fait entendre indique que le cou n'a pu résister à la force portée. Le combat a été rapide, un peu trop rapide. Je ne relâche pas ma garde pour autant ; mon attention se porte immédiatement vers le garçon, à quelques mètres de moi. Ce peut tout à fait être un piège. Il peut être l'appât pour convaincre des gens à intervenir, à lui porter secours avant de se retourner contre eux aidé de ses complices. Ce ne serait pas la première fois que je vois cela. Allongé au sol, sur le dos, il me fixe. Les pupilles dilatées, la bouche entrouverte indiquent un état émotif extrême. Je n'ai plus la capacité d'analyser l'âme des mortels en observant leur part d'ombre et de lumière. Déchu, il me faut à présent tenter d'évaluer une personne en la jugeant sur ses actions, en essayant de discerner chaque émotion qu'elle ressent. C'est si difficile à observer, à déceler. Et puis je n'ai pas eu le temps de finir mon apprentissage avec Lena ; elle me permettait d'analyser chacune d'elles.

Je fais un pas vers le garçon ; il doit avoir entre huit et dix ans. Il adopte à nouveau une position défensive en levant les bras, même si, à voir son visage tuméfié, ce geste n'a pas été très efficace pour le protéger des coups reçus de la part de ses agresseurs. Son geste indique clairement de la peur, l'un des sentiments qu'il m'est le plus facile à identifier. Ces derniers mois, je l'ai tellement vu sur ceux que j'ai observés à distance. Je fronce les sourcils. Il a peur, mais les trois hommes qui le pourchassaient ne sont plus une menace pour lui. Puis, je comprends. Le garçonnet a peur de moi. Pourquoi réagit-il ainsi alors que je viens de le sauver ?

« Probablement la manière dont j'ai tué les autres. »

Le rythme cardiaque du garçon s'accélère brusquement. Je ne comprends toujours pas ses réactions. Comment lui dire qu'il ne craint rien avec moi ? Il recule sur ses coudes avant d'être capable de se relever, puis de courir. Il ne me faudrait que quelques secondes pour le rattraper. Je me contente de le suivre des yeux tandis qu'il s'enfonce plus profondément dans la forêt. C'est mieux pour lui comme pour moi que nos chemins se séparent ici. Il ne réalisera sans doute jamais l'effort que je viens de faire pour lui, premier mortel auquel j'ai porté secours, et ce, de ma propre initiative. Pour Lena, c'était différent, car elle était ma mission.

Comme mes frères et sœurs, j'ai été réveillé par l'appel de l'archange Mickaël avec pour ordre de tomber sur Terre afin d'apporter l'ordre. Ce n'est pas la première fois que nous intervenons ainsi dans les affaires humaines, et certainement pas la dernière si j'en crois la tendance qu'ont les mortels à répéter les comportements violents et destructeurs. Comme mes semblables, j'avais accepté cette mission sans discuter. Cela ne me serait même pas venu à l'idée de pouvoir m'y soustraire. Puis un autre ordre m'avait été donné par une entité bien plus puissante que le chef de l'armée céleste : l'ordre de retrouver une Néphilim avec pour directive de la protéger. Le fait de tomber exactement dans la cité dans laquelle Lena se trouvait n'était pas un hasard, mon intervention non plus, ni même le fait de l'avoir retrouvée sur cette place alors que des mortels avaient tendu un piège aux miens en tuant d'autres mortels.

Si je les ai rejoints ce jour-là, ce n'était pas pour leur venir en aide ; j'étais venu pour celle que je suivais depuis notre chute. Et lorsque l'ordre d'attaque de Mickaël avait été donné, je l'avais cherchée, sauvée et mise à l'abri jusqu'à ce que mes frères nous rattrapent. J'ai tué l'un des miens pour elle, même si à l'époque j'étais incapable d'en éprouver de la culpabilité, du remords, de la souffrance. Puis j'ai été jugé pour ce crime, celui d'avoir retourné mon arme contre l'un de mes semblables, de l'avoir détruit pour toujours. Face à Mickaël, je n'avais pu justifier mon geste. Je n'avais pu lui dire que je n'avais fait que suivre les ordres même s'ils ne venaient pas de lui. J'avais fait ce que l'on attendait de moi en tant qu'ange : obéir inconditionnellement. Et même lorsqu'il m'avait arraché ma lumière, lorsqu'il m'avait déchu, je ne m'étais pas opposé à lui. Je l'avais laissé faire.

Et tout ça pour quelle raison ?

Cette question hante mes jours et mes nuits. En quoi ce Néphilim était-il si important ? Pourquoi m'a-t-on ordonné de la protéger, de retarder l'instant de sa mort qui ferait d'elle un ange ? Mais alors que revient encore le constat de mon échec, je me pose une autre question : Pourquoi a-t-on confié cette mission à moi et pas à un autre de mes semblables ? Des considérations bien égoïstes, qui prouvent finalement à quel point je ne suis plus un ange, que je ne suis plus moi-même.

Mon attention se porte à nouveau sur le garçon. Il se dirige dans la mauvaise direction s'il souhaite rejoindre ses semblables. Il est seul. Il est sans défense. Je l'ai sauvé, et pourtant il est toujours en danger.

« *Comme avec Lena.* »

Je l'ai laissée seule, le jour de notre rencontre. Je l'ai sauvée, mais ensuite je l'ai laissée partir, complètement indifférent à ce qu'elle avait ressenti alors, incapable de comprendre le choc émotionnel dont elle avait été victime. Je l'ai surveillée tout le temps qu'elle a passé enfermée dans son appartement. Je l'ai observée lorsque, enfin, elle en est sortie avant de fendre la foule, la tête baissée, fuyant le regard des autres. J'ai bien vu son visage couvert d'hématomes, j'ai noté l'altération de sa propre lumière intérieure, qui avait comme diminué. J'ai noté tout cela, mais sans en être touché ou inquiété.

Je ne réalise pas immédiatement que la nuit est complètement tombée. Mécontent de moi de m'être encore laissé entraîner dans mes réflexions, je me redresse et passe à l'action. Rapidement, j'accélère. Voilà donc pour quelle raison Dieu n'a pas doté les anges d'émotions : cela les distrait de leurs objectifs, les trouble lorsque, au contraire, il leur faut agir promptement. Sans compter les mauvaises décisions qui peuvent être prises sous le coup des émotions ! Il faut croire que malgré toute ma volonté de n'écouter que ma raison, je ne peux m'empêcher d'être soumis aux mêmes tourments que les hommes, aux mêmes erreurs également.

Mes pas me portent vers le garçon, qui a ralenti son allure, pensant sûrement qu'il a mis suffisamment de distance entre lui et la menace que je représente. Peut-être est-il juste fatigué. Il suffit d'écouter ses pieds traînant sur le sol couvert d'épines, sa respiration difficile. Je n'ai eu besoin que d'un bref laps de temps pour le rattraper. Je continue ainsi à le suivre jusqu'à ce qu'il finisse par s'arrêter et s'adosse à un tronc d'arbre. Je l'imite tout en conservant une distance de sécurité entre nous. Accroupi, je finis par m'asseoir, et même par me détendre, lorsque me parvient le faible ronflement du garçon. Ce n'est qu'à ce moment que je me demande pourquoi j'ai fait le choix de le suivre, de veiller sur lui jusqu'à ce qu'il sorte de cet environnement plus hostile qu'il n'y paraît ou qu'il croise d'autres de ses semblables. Probablement pour me donner une raison supplémentaire de simplement aller de l'avant. L'espoir de retrouver Lena, de mener à bien la mission qui m'a été confiée, c'est à celle-ci que je me raccroche, et ce, depuis des mois. Cet espoir se délite à chaque minute qui passe.

« Je n'ai aucun moyen de la retrouver. »

Je n'ai plus la possibilité de localiser l'un de mes frères et sœurs en plongeant dans le flux constant de la communication télépathique des anges. Uniquement le silence, pour moi, c'est aussi difficile que d'affronter la solitude. Il m'a fallu apprendre à écouter différemment. J'ai perdu tous mes repères à l'instant où l'archange m'a saisi par les poignets pour m'arracher de force ma lumière céleste. Il m'en reste si peu en moi. Elle est si ténue, ne me protège plus de ce monde d'émotions, un monde de sensations dans lequel je risque de me noyer à chaque instant. Depuis ma déchéance, je tente en vain de rester à la surface. Je m'accroche de toutes mes forces à la logique, au rationnel, à la moralité comme je le ferais avec une bouée pour me maintenir à flot, pour ne pas sombrer. Fort heureusement, mes capacités physiques ont légèrement décru, mais je peux toujours compter sur elles.

Lors de mon arrivée sur Terre, cette atmosphère bruyante dans laquelle vivaient les mortels agglutinés les uns aux autres dans leur métropole m'avait incommodé. Et pourtant, il m'arrive de regretter que cette cacophonie se soit éteinte, remplacée par ce silence écrasant auquel je fais face sans le flux constant des voix des autres anges.

Faute de pouvoir me plonger en moi pour me reconnecter à ma lumière, à mes semblables, il m'a fallu m'ouvrir au monde extérieur. Les yeux fermés, je me mets à écouter les différentes espèces d'animaux grouillant tout autour de moi. Si nombreuses. Si différentes. J'ai appris à apprécier la richesse de ce monde, sa diversité. Toutes ces créatures se montrent si indifférentes à la guerre qui se joue entre les hommes et les anges ! Elles continuent leur existence sans interférer.

« Peut-être qu'il me faudrait suivre leur exemple ? »

Apprendre à *être*. En tant qu'ange, je ne possédais pas de destinée propre ; je faisais partie du tout. Arraché à cette vie, condamné à errer sur cette Terre, maintenant il me faut trouver ma place. Avec Lena, j'avais pensé l'avoir trouvée, elle était à ses côtés. Mais d'autres me l'ont prise et, avec elle, ma position dans ce monde. Je suis de nouveau perdu. Il me faut retrouver ma place que l'errance m'a reprise. Avancer, il n'y a que cela qui compte, que cela qui me fait tenir. Depuis notre séparation, mon existence se résume à marcher dans un défilement de paysages de plus en plus froids. L'hiver se fait plus durement ressentir que dans la Floride que j'ai laissée derrière moi depuis un bon moment. Il m'a fallu mettre d'autres vêtements, comme cette veste que je porte. Jamais je n'avais éprouvé le froid ; c'est une drôle de sensation... assez désagréable. Je croise mes bras, et les frictionne, même, pour me réchauffer. Le besoin de dormir se fait également ressentir. Des besoins que je n'aime pas.

« Non. »

Il me faut rester éveillé. Rester sur le qui-vive. Et puis je dois m'assurer que le petit mortel ne coure aucun danger. Une part de moi tend à vouloir s'en détourner, continuer sa route sans prendre en considération le devenir de cet enfant, et l'autre part se dit qu'il faut que je lui vienne en aide, que je lui porte assistance. Plus que tout, c'est cela, cette sensation de m'être scindé en deux personnalités distinctes qui me perturbe le plus. Le guerrier que je suis ne recherche qu'une seule chose : un combat. Mais comment puis-je espérer remporter la bataille ? Suis-je censé la remporter lorsque ce conflit se joue en moi ? Quand mon adversaire n'est autre qu'une part de moi-même ?

Le libre arbitre, ce privilège qu'a accordé le Tout-Puissant à ses mortels, et à présent à moi-même. En tant qu'ange, je connaissais ma place. Je savais que je me battais du côté du bien. Je ne pouvais que me battre du côté du bien. Mais à présent, tout a changé, car, avec le libre arbitre, il m'est offert la possibilité de choisir de faire le bien ou le mal. Comment faire la distinction entre les deux ? Comment être certain que nos décisions, nos actions ont pour résultat de faire le bien ou le mal ? À quoi sert ce pouvoir de choisir lorsqu'il ne s'accompagne pas de l'accès au savoir suprême qui est pourtant accordé aux castes célestes ? Eux, ils peuvent prendre les justes décisions en toute connaissance de cause. Eux, ils savent quelles conséquences découleront de leurs actions. Pas les humains, pas moi. Doté du libre arbitre, et pourtant maintenu dans l'ignorance.

« Il ne peut en résulter que le chaos. »

Je me lève, contourne à demi l'arbre derrière lequel je me trouve pour observer le garçon en contrebas. Il dort. Il est si jeune et fragile. Sa vie sera brève, alors pourquoi me soucier de lui ? Pourtant, contre toute logique, je reste là, à le surveiller jusqu'à ce que le soleil se lève. Et lorsque l'enfant revient à lui et reprend la route, je me surprends à le suivre. Je le protège comme je l'aurais fait avec Lena. Je le protégerai jusqu'à ce qu'il retrouve certains de ses semblables capables de prendre soin de lui. Alors, je reprendrai ma route. Seul.

3

LE TOURMENT

6 mois après la séparation

« 182. »

Assis sur un siège dans ce qu'il reste d'un avion qui s'est écrasé voilà probablement plusieurs mois, je répète encore et encore ce chiffre dans ma tête. Une pluie battante frappe contre la carlingue métallique à grand bruit, mais ce n'est pas cela qui m'empêche de trouver le sommeil. Ce sont ces pensées que je n'arrive pas à faire taire. 182, c'est le nombre de jours qui se sont écoulés depuis ma séparation d'avec Lena, depuis que j'ai échoué dans ma mission. 182 jours, soit six mois. Comparé aux milliers d'années d'existence que j'ai vécues jusqu'ici, je ne devrais pas être affecté par le temps qui passe. Pourtant c'est le cas. J'arrive à « distinguer » chaque jour, et parfois même chaque heure. C'est difficile de mettre des mots sur ce que cela me fait éprouver, mais c'est comme un poids qui repose sur mes épaules, un poids de plus en plus lourd, qui finit par affecter mon comportement. Je me surprends à faire des pauses de plus en plus longues. Au lieu de continuer à marcher, il m'arrive de rester immobile, le regard dans le vague, perdu dans ces pensées qui embrouillent mon esprit, à tel point que cela remet en question mes décisions.

« Dors ! »

C'est nouveau ! Voilà que je me donne des ordres, maintenant.

Je me tourne sur la gauche. Mon regard accroche le poignard que je tiens en main sur le sol, à la hauteur de mon visage. Je fixe la lame d'acier en me concentrant suffisamment pour libérer mon esprit et trouver enfin le sommeil. C'est pour cette raison que j'ai décidé de trouver refuge dans les débris de cet avion tombé en rase campagne. Mais voilà, je n'arrive pas à m'arrêter de réfléchir. Je n'aime pas me sentir incapable d'avoir la maîtrise totale sur mes pensées.

Aimer !

Toujours ces sentiments qui pullulent dans mon être tel un fléau qui me ravage de l'intérieur. Je m'agite, tourne de l'autre côté, soupire sans pouvoir me libérer de toutes ces préoccupations qui envahissent mon esprit. Jusqu'ici, j'ai essayé de les combattre, de les exterminer, ou au moins de les repousser. Sans résultat. Je me dis qu'il me faudrait peut-être tenter une nouvelle approche, celle que je me refuse à faire depuis ma déchéance, depuis que je suis capable de ressentir des émotions. Pour moi, cette solution de prétendre que ces pensées, ces émotions n'existent pas n'est rien d'autre que de la lâcheté. Je refuse d'être lâche, je refuse d'abandonner le combat. Il me faut les maîtriser, qu'importe si cela prend l'éternité pour y parvenir. L'échec ne m'est pas permis.

Pourtant, malgré ma détermination, c'est d'un geste las que je lève une main pour me frotter le visage. Je suis si fatigué. Cela fait quatre jours que je ne me suis accordé aucun repos. Je lutte pour rester éveillé. Pas à cause du danger qui m'entoure, car il est permanent ; j'ai appris à vivre avec. Non, ce qui me retient de dormir, c'est un autre fléau : les rêves.

Ce n'est pas la première fois que je suis soumis à ce genre d'hallucinations pendant que je dors, mais cela devient de plus en plus fréquent. Le dernier songe en date remonte à quatre nuits. J'ai réellement cru me retrouver auprès de Lena alors que nous étions en train de fuir Miami. Comme dans la réalité, nous avons été rattrapés par trois anges auxquels j'ai dû me confronter pour sauver ma compagne. Et exactement comme ça s'était réellement passé, j'ai réussi à évincer les deux premiers adversaires, et le troisième a fait son apparition. « Attention ! » m'a crié Lena alors qu'elle venait de sortir d'un véhicule. Je m'étais déjà accroupi et, dans le même mouvement, j'avais fauché de la lame céleste que je tenais en main les jambes du nouvel arrivé. Il s'est écroulé, et c'est à ce moment-là que la scène a dévié de ce qui s'était passé. Lorsque je me suis retourné vers Lena, j'ai vu l'un des deux anges dont j'avais cru m'être débarrassé transpercer de sa hache la poitrine de la Néphilim. Dans la réalité, ce n'est pas ainsi que les choses se sont déroulées. Lena s'est reculée. Elle a évité ce coup, juste à temps certes, mais elle n'a pas été touchée. Non, elle n'a pas trouvé la mort à Miami sous le coup de hache de cet ange au-dessus d'elle. Elle a perdu la vie sur cette plage où moi-même j'ai été jugé et déchu. C'est en ce lieu qu'elle s'est élevée pour devenir ce à quoi elle était destinée. Elle a reçu la grâce et son cœur a repris sa course, battant avec davantage de force. Oui, voilà comment ça s'est passé, ce n'était pas sur cette route goudronnée.

Et néanmoins, en revenant à moi, cette nuit-là, je suis resté figé, incapable de bouger, et ce, durant de longues, de très longues minutes, persuadé que Lena venait de mourir sous mes yeux. Il m'a fallu un moment pour réussir à faire la distinction entre ce qui avait été de l'ordre du réel et de cette scène imaginaire. Mon esprit a inventé ces événements sans que cela n'ait aucune utilité. Pire, il me met devant des émotions que je me refuse de ressentir.

« C'est un nouveau châtiment. »

Je ne vois que cette explication pour avoir reçu cette capacité à rêver comme les mortels. J'avais pensé être épargné de certaines de leurs souffrances, n'étant après tout pas un humain. Mais il faut croire que non. Je comprends l'agitation que j'ai pu observer chez les autres soumis à ce délire nocturne, Lena y compris. Après ma chute, j'avais passé de longs moments à l'observer à distance. Il me suffisait de me déplacer ou de me poster sur les toits de la ville. Elle a beaucoup rêvé les premiers soirs après mon arrivée. Juché sur la corniche de l'immeuble face au sien, je l'ai vue s'agiter dans son lit, j'ai entendu ses gémissements, qui m'ont fait croire qu'elle était en danger. Et alors que j'allais passer à l'action, même si je ne détectais aucun danger, elle s'est brusquement réveillée. C'était la première fois que j'observais vraiment une mortelle. En tant que chef d'une légion, mon rôle s'était toujours borné à me battre et à diriger les 666 anges sous mon commandement, mais pas cette fois-ci. Cette fois-ci, j'ai été envoyé sur Terre pour veiller sur une mortelle, et pour cela je me suis détourné de mon devoir de guerrier, de ma responsabilité de leader, de mon serment de ne jamais détruire l'un de mes semblables.

À chaque fois que j'arrive à m'extraire de l'un de ces cauchemars, ma tête, mes sens sont encore saturés par toutes ces images, tous ces sentiments. Je me retrouve le corps en nage comme s'il j'avais combattu des heures durant. Et mon cœur. J'avais connu bon nombre de batailles, et à aucun moment mon rythme cardiaque ne s'était emballé aussi puissamment que lors de l'un de ces songes. Depuis quatre nuits, je me refuse à m'accorder du repos parce que je ne veux plus faire l'expérience de l'un de ces rêves, je ne veux plus vivre toute cette explosion de sensations, de sentiments lorsque je reviendrai à moi. C'est comme si je redoutais ce que mon esprit pouvait inventer.

« Arrête. Il est temps de faire face. »

Encore un ordre que je me donne, cette sensation d'être scindé en deux. Ça aussi, il faut que je m'y habitue. J'ai tenté de comprendre ce phénomène, de déterminer ces deux entités qui vivent à présent en moi : celui que j'étais et celui que je suis à présent. L'ange et le déchu. L'être raisonné face à celui qui ressent des émotions. Je suis un guerrier, et mon premier réflexe a été de détruire cet ennemi intérieur qui a vu le jour. Jusqu'au moment où je me suis rendu compte que c'était impossible, qu'il me fallait l'accepter à défaut de pouvoir faire taire ces émotions, cette autre voix. Et voilà qu'à présent cette nouvelle entité use d'une nouvelle arme contre moi en me mettant dans des situations dont je ne peux sortir vainqueur. Je ne me souviens pas exactement de ce rêve, les détails m'échappent. Mais je sais que j'ai lutté et que j'ai échoué. Ça aussi, j'ai des difficultés à le comprendre : quel intérêt a l'esprit à créer ces illusions si on ne peut s'en souvenir avec exactitude pour en tirer des leçons, et ainsi pouvoir s'améliorer. Il ne reste que la frustration, le sentiment d'échec.

« Je n'ai pas peur. »

En pensant cela, je viens pourtant de mettre un nom sur ce qui me tient éveillé. Jusqu'ici, je n'avais pas vraiment compris que c'était ce sentiment pour ne l'avoir jamais ressenti. Je réalise que seulement maintenant que je suis responsable de ce qui m'arrive et que je peux agir. Sans attendre, je ferme les yeux. Je veux m'endormir et rêver. Lorsque nous étions ensemble, Lena et moi avons compris l'importance de cerner tous les changements qui se sont opérés en chacun de nous. J'ai pu l'instruire par rapport à ses nouvelles capacités physiques d'ange. Et de son côté, elle a commencé à m'enseigner la compréhension de ces émotions nouvelles pour ne pas que je me laisse submerger par elles.

La peur.

Elle m'avait mis en garde contre ce sentiment, l'un des plus puissants. Pour ma part, je le trouve insidieux, car il m'a fallu des jours avant de pouvoir réaliser que c'était celui-ci auquel j'avais affaire. Les yeux fermés, je tente de m'endormir. J'ai beaucoup de difficultés, alors qu'il ne fait aucun doute que mon corps est épuisé. Est-ce parce que j'ai peur que je me bats contre le sommeil ? Probablement. Je réfléchis déjà sur un moyen de me forcer à aller contre ce sentiment-là. Je me tourne à nouveau sur le côté... puis, quelques minutes après, je change de position. Bouger autant n'est pas naturel chez moi. Je reviens sur le dos, puis je prends une profonde inspiration. Je me souviens avoir vu Lena agir ainsi lorsqu'elle était encore une Néphilim et qu'elle souhaitait trouver le sommeil. Elle emplissait à fond ses poumons avant de lentement souffler. Je m'applique à faire la même chose, peut-être que ça fonctionnera. Je réalise l'étrange effet que ça a sur moi. Mon corps semble plus lourd. Mon cœur bat moins vite. Ça me calme, et lentement je me sens glisser dans le sommeil.

***

Cette nuit-là, je n'ai fait aucun rêve, ou si j'en ai fait un je n'en garde aucun souvenir. Ça aussi, c'est étrange de ne pas pouvoir accéder à l'intégralité de mon savoir, comme si une partie m'était à présent inaccessible. Et même si je n'apprécie vraiment pas cette capacité d'imaginer des choses, j'aime encore moins ne pas m'en souvenir, car alors comment essayer de ne plus être sujet à ces rêves ? Lena avait raison de dire qu'il me fallait expérimenter, déterminer tous les changements qui s'opéraient en moi pour être capable de pouvoir les maîtriser par la suite. Je comprends aussi les raisons pour lesquelles les mortels agissent de telle ou telle manière. J'ai déjà entendu cette justification qui jusqu'ici m'avait toujours paru infondée sur le fait que leur mauvaise action serait dictée par une part obscure d'eux-mêmes qui les déchargerait de leurs responsabilités. Cette part pourrait soi-disant influencer leurs gestes, leurs actions sans même qu'ils ne s'en rendent compte. Jusqu'ici, ça me paraissait bien farfelu, mais à présent qu'une part d'ombre grandit en moi, je réalise que les mortels sont bien plus complexes que les anges ne le seront jamais. Je suis donc bien plus complexe que celui que j'étais. Le vide laissé par la perte de ma lumière céleste est plus grand que je ne l'aurais pensé, et jamais je n'aurais pu me douter qu'il se remplirait d'ombre. Peut-être est-ce pour cela que les déchus deviennent des menaces bien plus grandes pour les mortels que l'armée céleste lorsqu'elle est appelée sur Terre.

Ce qui se passe autour de moi ne m'offre pas beaucoup d'occasions de pouvoir réfléchir sur mon cas et de trouver une solution à ce qui se passe dans ma tête. Le danger, il est aussi tout autour de moi. Je viens d'atteindre l'état du Kentucky, tout du moins c'est le nom que portait ce territoire quand il existait encore. Les États-Unis n'existent plus. Des États ou regroupements d'États existants ont pris la relève. Ces nouveaux territoires sont contrôlés par une seule personne, un groupe et non plus par un gouvernement centralisé dirigé par un seul homme portant le titre de Président. La destruction de sa ville, Washington D.C., aurait pu être la cause de la dislocation du pays, mais c'est surtout la guerre civile qui en a entraîné la chute. Certains de ces nouveaux territoires sont mieux gérés, et surtout mieux protégés que d'autres. J'avais obtenu toutes ces informations en faisant la rencontre de mortels. Aussi brefs avaient-ils été, ces contacts me permettent d'en apprendre plus sur ce qui se passe tout autour de moi, et également de m'habituer à leur présence, de savoir comment interagir avec eux sachant que je ne pourrai pas vivre à l'écart du monde indéfiniment. C'est un apprentissage assez délicat. Trouver les bons mots, les bons gestes pour essayer de me faire passer pour l'un d'entre eux.

Je pensais que ce territoire dans lequel je viens

d'arriver aurait été plus sûr que le précédent pour me poser, étant donné que cette population est assez disparate et n'a pas un grand centre urbain, elle est donc peu intéressante pour les anges. J'ai clairement fait une erreur. Je connaissais l'existence de ce fort Knox, une base militaire indiquée sur la carte que j'ai en ma possession depuis plusieurs mois, mais ce que je ne savais pas, c'est qu'un nombre important de militaires s'y sont regroupés. C'est une raison probable au fait que les anges se sont rendus jusqu'ici. Il m'a suffi d'entendre le vacarme d'un affrontement et je me suis rapproché au lieu de m'en éloigner. Encore ces sentiments qui se jouent de moi, les mêmes qui me soufflent de rejoindre le combat que j'aperçois à bonne distance, alors que je suis sur le toit de ce lycée encore debout. Le complexe est vaste, mais les hommes se sont rassemblés dans les bâtiments à la droite de l'unique piste de vol d'où décollent plusieurs hélicoptères. Certains de ces engins s'éloignent rapidement du site, probablement pour fuir ; d'autres restent en vol stationnaire pour offrir un soutien aérien à leurs camarades qui tentent de défendre le fort au sol. Ils utilisent leurs armes contre les centaines d'anges qui les encerclent. Je suis suffisamment loin pour être épargné par les tirs de mitraillettes, de roquettes et d'autres armes lourdes. Ce qui m'inquiète, c'est surtout d'être repéré par un ange, mais je reste là, comme fasciné de pouvoir contempler ce combat à défaut de pouvoir y participer. Pourtant, ce n'est pas le désir qui me manque. C'est là où est ma place, là où je serais utile. Je me sens tiraillé entre mon envie de laisser libre cours à mon instinct guerrier, à cette rage qui ne demande qu'à sortir, et ma raison qui m'incite à la prudence, à la fuite. Le tournant que prend cet affrontement, qui se déroule à plus de trois kilomètres de là où je suis posté, décide pour moi.

Une explosion éventre le bâtiment principal, balayant de son souffle incendiaire les hélicoptères se trouvant au-dessus, comme les immeubles annexes. Trois secondes, c'est le temps qu'il faut pour que je perçoive à mon tour les effets de la puissante détonation qui vient de ravager une grande partie du complexe militaire. Je n'attends pas que la fumée se dissipe pour quitter mon poste d'observation. Je me détourne du spectacle, sachant que, de toute façon, le combat est fini. Il sera aisé aux anges d'exterminer le peu de gens qui auront survécu à cette explosion. Tandis que je me dirige à grands pas vers l'autre côté du bâtiment, je réalise que j'ai les sourcils froncés et les poings serrés, preuves physiques des émotions qui m'agitent : entre la frustration de ne pas savoir ce qui s'est passé pour que cette bataille se finisse ainsi, et la colère mêlée de frustration de n'avoir pu y participer. Je souffle en montant sur le rebord, puis me laisse tomber dans le vide, avant de retomber souplement sur mes pieds trois étages plus bas. Je réussis à m'éloigner sans me faire repérer par un homme ou un ange – probablement un gros coup de chance.

4
LA CONFIANCE

Combien de temps s'est écoulé entre le moment où j'ai sombré dans le sommeil et celui ou un bruit m'en a brusquement tiré ? Quelques minutes, des heures ? Ce que je sais, en revanche, c'est que la personne qui se trouve là, debout devant moi, a eu le temps et l'opportunité de m'approcher sans que je réagisse. En un instant, je le plaque au sol, mon genou droit sur sa poitrine et la lame du couteau que je tiens sur sa gorge. Maintenant qu'il est maîtrisé, je lève les yeux pour scruter mon environnement direct à la recherche d'autres de ses semblables. J'utilise également mon ouïe développée pour sonder les lieux. Rien ne me parvient de significatif si ce n'est la respiration sifflante de celui que je maintiens sous moi.

Je baisse les yeux sur lui. Si je ne tiens pas compte de l'accélération de son rythme cardiaque, il ne semble pas plus affecté que ça par mon traitement. Je l'observe. Il me fixe de ses yeux de couleur noire. Il sent fort la transpiration, l'urine et d'autres fragrances que j'aurais dû détecter à des kilomètres de distance. En colère contre moi-même, j'enfonce davantage mon genou dans son torse frêle d'adolescent. C'est à peine s'il pince les lèvres, il souffre en silence. Je regarde à nouveau tout autour de nous : possible que ce soit un piège ; rares sont les mortels à se déplacer seuls, surtout aussi jeunes que celui-là. Et pourtant, il a bien l'air seul. Je finis par le relâcher, me mets debout, fais quelques pas en arrière afin qu'il suive mon exemple et qu'il s'éloigne de moi.

Le mortel s'accroupit, me fixe, puis se redresse enfin. Mais contre toute attente, il reste là, immobile, dans la position exacte qu'il avait quand je me suis réveillé. Si j'en crois son apparence, il vit probablement dans les bois, et même depuis assez longtemps, car ses vêtements partent en lambeaux. Il ne me parle pas, et continue juste de m'observer. En fait, je me rends compte que ça me perturbe suffisamment pour qu'au lieu de m'éloigner, comme je devrais le faire, je reste là, moi aussi. Son immobilisme me donne l'impression que je suis avec un ange. Je ne le suis plus moi-même, mais je connais cette manière d'être. Et à dire vrai, ça a un étrange effet sur moi. Je me sens comme... rassuré. Nous restons un long moment ainsi jusqu'à ce qu'un bruit lui fasse tourner la tête sur la droite. Il est surpris. Finalement, il n'est qu'un mortel.

— C'est un cerf.

J'ai ressenti le besoin de le rassurer, du coup j'ai pris la parole. Je suis le premier surpris d'avoir agi ainsi. Le jeune mortel me regarde à nouveau. Il hoche la tête. Visiblement, je ne me suis pas trompé. J'ai réagi de la bonne manière. Tous ces longs mois à observer ceux de son espèce n'ont pas étaient vains. Sans attendre, le regard du garçon se fixe sur un point précis derrière moi. Mon sac. Cela ne peut être ça. Je fronce les sourcils, tente d'analyser son geste. Pense-t-il que j'y dissimule une arme ? Veut-il la prendre ? Non. C'est la première chose dont je me serais emparé à mon réveil. Contre toute attente, je n'arrive pas à comprendre ce qu'il pense et comment réagir en conséquence. Plutôt que de me laisser aller à faire des suppositions, j'utilise la manière la plus efficace pour comprendre l'autre en l'interrogeant directement :

— Qu'est-ce que tu veux ?

— J'ai faim.

Je n'ai eu à attendre sa réponse et celle-ci est claire, ce que j'apprécie. Si je tiens compte de sa voix éraillée, il a également très soif. Je recule sans lui tourner le dos pour autant. Une fois à la base de l'arbre, je m'accroupis sans le lâcher des yeux, puis lui lance mon sac. Il ne l'attrape pas, mais se jette sur l'objet tombé à ses pieds. Il fouille l'intérieur avec des gestes frénétiques et porte à sa bouche toute nourriture qu'il peut trouver. Il y a des petites prunes, dont le jus dégouline sur son menton tellement il mange goulûment. Il y a aussi un sachet, qu'il arrache si fort que l'assortiment de noisettes et amandes qu'il contenait se répand au sol. Il fait partie de l'une des provisions que j'ai récupérées dans une maison abandonnée, ou tout du moins avant que je ne découvre les cadavres de deux personnes dans le salon, probablement les propriétaires.

Là encore, de ses doigts, il attrape tout ce qu'il trouve pour les porter en bouche sans même prendre le temps de les nettoyer. Il mange aussi vite et autant qu'il le peut sans se soucier de ce que je peux penser de son attitude. Ce n'est pas la première fois que je vois une personne affamée se nourrir ainsi lorsqu'elle réussit à trouver de quoi se sustenter. Moi-même, j'ai agi ainsi. Non que je ne trouvais rien ! Mais parce qu'il m'a fallu du temps pour anticiper mes besoins physiques, c'était quelque chose de si nouveau pour moi. Il mange sans s'arrêter jusqu'à ce qu'il ne trouve plus rien. Il met un moment à comprendre et accepter que le sac est vide, et continue de le serrer des deux mains. Il ne lève pas la tête vers moi. Il continue à fixer le sac avant de lentement le relâcher et replacer le peu de choses qu'il contenait. Puis il se met debout, me le tend, et lève enfin les yeux sur moi. Je récupère mon bien et, sans un mot, recule pour m'adosser contre l'arbre. Je m'attends à ce qu'il parte, mais il n'en fait rien. Il continue de me fixer avant de s'accroupir à nouveau et de s'allonger là, devant moi. Je l'observe et il s'endort sous mes yeux. Son attitude me déconcerte à nouveau.

« Ne devrait-il pas avoir peur de moi ? »

Manifestement, ce n'est pas le cas. Alors que s'élève dans la nuit un léger ronflement, je tente de comprendre les réactions de ce mortel. Je le fais jusqu'à ce que le jour se lève, et qu'il se réveille en percevant le changement de lumière. Là, il me fixe encore, sans pour autant se redresser. Je bouge, et il bouge enfin. Puis, alors que je m'éloigne, il commence à me suivre. Je n'ai bien sûr pas besoin de regarder en arrière pour le savoir : il reste à une certaine distance, et je n'essaie pas de le semer. Je devrais peut-être, mais contre toute logique, je ne le fais pas. Il finit par se rapprocher, sans pour autant tenter de rentrer en contact avec moi. S'il l'avait fait, je me serais sans doute éloigné, mais il conserve le silence.

Quatre jours plus tard...

Le garçon me ralentit, c'est un fait. De plus, il fait

beaucoup de bruits, rendant mes déplacements moins furtifs. Mais d'un autre côté, il fait des choses sans que j'aie besoin de les lui demander, comme aller chercher de l'eau, ou quand il s'est mis à parler à la famille que l'on a croisée sur la route l'après-midi même. L'adolescent s'est avancé vers eux et a engagé la conversation en leur posant les bonnes questions sur les dangers qu'ils avaient rencontrés dans le secteur, les villes s'y trouvant. Et maintenant que nous sommes devant un feu, il empale sur une branche dénudée le poisson dont je viens de retirer les écailles. Il me faut des protéines. Même si je rechigne à manger des animaux, je fais cet effort toujours dans un souci de m'adapter. Ça a été si simple pour moi de me mettre au milieu d'un cours d'eau et d'attraper d'une main l'un de ces poissons qui passaient à proximité. Le garçon qui m'accompagne s'appelle Matt. C'est le nom qu'il a donné à la famille lorsque la mère l'a interrogé. Il a précisé aussi qu'il a quatorze ans. Je lui aurais donné plus de par son attitude. Je pose un autre poisson sur la grosse pierre, et le garçon, Matt, le prend et l'enfourche avant de le suspendre au-dessus du feu.

« *Je serais mieux sans lui. Il me ralentit.* »

Il me regarde, puis surveille à nouveau les poissons qui grillent entre nous sur le feu. Je n'ai pas besoin de lui demander quoi que ce soit ; il agit par lui-même. Le silence. Si au début j'appréciais qu'il ne me parle pas, maintenant, cela me pèse.

— Matt.

Immédiatement, il lève les yeux sur moi. Un regard tout aussi méfiant qu'attentif. Je m'agite sur la pierre sur laquelle je suis assis. Voilà que je suis mal à l'aise.

— C'est ton nom, non ?

— Oui.

« Bon. Maintenant que j'ai lancé la conversation, autant continuer. »

— Et toi ? me demande-t-il alors. C'est quoi, ton nom ?

— Cal.

Un nom qui fait moins « angélique ». Je précise vite fait :

— C'est... Callum, mais je préfère Cal.

Voilà de cela plusieurs semaines, un homme m'avait demandé mon nom, et avait émis la supposition que Callum était mon prénom. Autant le réutiliser.

— Comme moi.

Il doit probablement exprimer une certaine incompréhension par des mimiques de mon visage, car il ajoute aussitôt :

— Matthew.

Je répète son nom plusieurs fois pour le mémoriser.

Me vient l'idée de lui demander son nom de famille, mais il pourrait s'interroger sur le mien, et Lena m'a dit d'éviter de mentir pour ne pas commettre d'erreur, enfin de coller à la vérité autant que possible, selon ses propres mots. De ce fait, le silence retombe entre nous. Les poissons cuits, nous les mangeons. Ce n'est que plus tard, alors que le garçon se couche, qu'il s'adresse à nouveau à moi.

— Tu vas rester éveillé ?

Il devrait savoir que oui, puisque depuis qu'il m'accompagne je le laisse dormir, puis, quelques heures avant le lever du soleil, je le réveille pour m'accorder un peu de repos. Ça aussi, c'est un avantage d'avoir quelqu'un comme lui à mes côtés.

— Oui.

Il soupire. Je devine qu'il se sent rassuré. Puis, allongé, il me tourne le dos. Ses ronflements se font entendre. Je reste vigilant sans pour autant pouvoir m'empêcher de jeter un regard sur lui à intervalles réguliers. Je ne peux m'empêcher de réfléchir aux avantages et aux inconvénients de notre duo. J'ai le choix, et comme à chaque fois que cela se produit, je suis assailli de questions, de doutes sur les implications que ce choix aurait. Et il y a ce déclenchement d'émotions qui me viennent également. Finirai-je par m'y habituer ?

5
L'ATTACHEMENT

8 mois après la séparation

— Cal !

Cet appel brouille mon rêve, efface Lena de mes pensées. Mais je perçois l'urgence dans cette voix qui me tire du sommeil, et reviens à la réalité. Il me faut quelques secondes pour être tout à fait réveillé, et de me souvenir de l'endroit où je me trouve. Le bon côté, c'est que cette fois-ci j'ai immédiatement reconnu celui qui penche sa tête au-dessus de moi. Ces songes que j'ai, et cette somnolence que je ressens au réveil troublent mon esprit, rendent mes réactions lentes et hésitantes. Et puis cela n'aurait pas été la première fois que, inquiété, j'aurais posé le couteau que je tiens d'une main sur la gorge de Matt, le seul que je laisse ainsi m'approcher. Je grogne :

— Quoi ?

Je suis exaspéré par lui, par ma réaction, par ce retour brutal à la réalité, et même par ce qu'est devenue l'essence même de cette réalité. Soudain je remarque que le garçon n'a plus de cheveux... enfin, pratiquement. Cette surprise m'offre une distraction bienvenue. Il a très certainement voulu me ressembler en se rasant la tête ; ce n'est pas une réussite vu la longueur qu'il reste par endroits de ses cheveux bruns. L'adolescent voit l'intérêt que je porte à son crâne, son regard se trouble, mais déjà je reprends :

— Pourquoi tu m'as réveillé ?

Il cligne des yeux, avant de se souvenir de la raison pour laquelle il m'a tiré du sommeil.

— Des gens approchent.

Je n'ai pas attendu qu'il me renseigne pour sonder notre environnement direct. Je les entends. Ils sont une dizaine au moins. Au bout de la rue du quartier dans lequel nous sommes arrivés la veille au soir. Quartier inhabité puisqu'il était encore en construction avant que la guerre céleste n'éclate. Je grogne à nouveau de n'avoir pu moi-même me rendre compte de l'arrivée de ces mortels et ce, même dans mon sommeil, puis une nouvelle fois *à cause* de l'arrivée de ces mortels. Matt vient de se poster devant l'un des deux encadrements sans fenêtres pour observer ce qui se passe à l'extérieur. Je lui ordonne :

— Recule !

Il m'obéit immédiatement, puis se précipite sur son sac ; avant de se le mettre sur le dos, il prend soin de se vêtir de son blouson. Ce n'est pas la première fois que nous agissons ainsi au cours des deux mois que nous avons passés ensemble. L'adolescent me suit et nous dévalons les escaliers ; il fait bien plus de bruits que moi. On se faufile par la partie arrière de cette maison vide de meubles. À défaut d'avoir pu y trouver des vivres, cela nous a permis de passer une nuit à l'abri du froid qui règne en cette fin de février. J'aurais pu continuer à dormir dehors, mais pas le garçon. Mais au lieu de continuer à m'éloigner, je me cache derrière des arbustes. Matt s'y faufile quelques secondes après moi, le souffle saccadé. Si j'ai pris pour habitude de ralentir, lui, fait toujours en sorte de se maintenir à bon rythme. J'observe ces gens que j'aperçois entre deux maisons, dont celle que nous venons de quitter. En notant la présence d'enfants, je considère qu'ils ne représentent guère de menace pour nous. Je reste néanmoins sur le qui-vive. Ces mortels semblent satisfaits d'avoir pu trouver ce quartier comprenant neuf maisons inhabitées, et un peu à l'écart de la ville la plus proche, d'autant plus qu'il n'y reste guère de survivants ; ils ont été victimes d'une attaque angélique.

Je tourne la tête vers Matt. Lui aussi observe ces gens sans parler. Il retient chacune des leçons que je lui donne. Plus que cela, il copie le moindre de mes mouvements, de mes habitudes. Il tient son couteau d'une main droite assurée, même si jusqu'à maintenant il ne l'a utilisé que sur des petites proies telles que des lapins, et une fois un renard. Se rendant compte que je continue de le fixer, il me regarde ; ses prunelles noires tentent de comprendre ce que j'attends de lui. Je me détourne, puis m'élance à nouveau, cette fois-ci vers l'avant, vers les maisons. Ainsi, je rebrousse chemin. Matt me suit avec un temps de retard, sans poser aucune question. Pour ça, il est tellement différent de Lena !

Durant une bonne heure, nous observons ces gens qui s'installent dans deux des neuf maisons. Ils ont choisi celles qui sont les plus finies, ce qui nous donne un indice sur leur intention de rester. Je ne peux m'empêcher de remettre en question le moindre de leurs choix, par exemple le fait qu'ils auraient dû choisir les habitations se trouvant au milieu du quartier et se servir des autres autour comme poste d'observation et comme protection.

— Trop de bruits, souffle Matt, à mon côté.

Je hoche la tête, il a raison. C'est la première fois depuis une bonne heure qu'il prend la parole. Il est resté accroupi à l'angle de cette maison où nous sommes restés cachés. À observer ces gens, je me dis qu'ils se comportent comme s'ils n'étaient pas en temps de guerre. Après un moment à être restés sur le qui-vive, à leur arrivée, les voilà maintenant qui parlent bien plus fort, qu'ils permettent à leurs enfants de se déplacer dehors. Ça fait un moment que je recherche des mortels auxquels confier Matt, mais il est évident que ceux-là ne sauront pas le protéger comme il se doit. Ils sont bien trop imprudents et pas suffisamment armés.

Ma décision prise, je me redresse à demi, réajuste les anses du sac que je porte et m'éloigne, l'adolescent sur mes talons. Ce n'est que plusieurs heures plus tard, sentant que le garçon a besoin de se reposer, que je décide de nous arrêter près d'une rivière. J'en profite pour remplir mes deux gourdes, et Matt suit mon exemple. Je le regarde faire. Il se tient accroupi, sur un gros rocher au milieu du cours d'eau.

— Pourquoi tu t'es coupé les cheveux ?

Finalement, je ne comprends pas son geste, car, comme tous les autres humains, il faut qu'il se préserve du froid. Le regard qu'il me lance est trop bref pour que je tente de lire en lui. La difficulté de cerner vraiment ce que ressentent les gens me frustre de plus en plus. Je regrette à nouveau la facilité avec laquelle je pouvais analyser leur lumière. J'y distinguais la noirceur qui l'altérait pour savoir à quel type de personne j'avais affaire. Tout ce qui m'intéressait alors, c'était de connaître leur degré de dangerosité pour les autres. Mais j'ai découvert que la palette d'émotions que peuvent exprimer les mortels est bien plus vaste que cela. Le garçon tarde à me répondre. Je sais comment réagir. Il me faut le relancer d'un ton plus pressant, et surtout autoritaire :

— Alors ?

Il bredouille sa réponse que j'entends pourtant distinctement.

— J'ai fait comme toi.

Je fronce les sourcils. Que penser de son argument ? Il ne sait pas que je ne ressens pas le froid tout à fait comme lui. Je ne lui ai rien dit sur ma véritable nature. Il pense que je suis originaire d'un pays se trouvant plus au nord que celui où nous sommes... enfin, si on peut parler aujourd'hui de pays. Je ne l'ai pas détrompé, d'autant plus que face aux rares personnes que nous avons rencontrées jusqu'ici, il a donné cette réponse lorsque ces gens ont posé la question. C'était une des plus récurrentes : « D'où venez-vous ? Où allez-vous ? » Si Matt offre une réponse à la première, à la seconde il se contente de soulever les épaules à chaque fois. Cela suffit à nos interlocuteurs, car rares sont ceux qui ont une destination précise. Chacun tente de trouver un endroit où il pourrait se trouver en sécurité. Ce n'est qu'une illusion à laquelle ils s'accrochent.

Matt semble attendre une réaction de ma part face à ce qu'il vient de me confier. Une réaction que je n'ai pas. Je me redresse, puis rejoins la rive en me déplaçant de rocher en rocher. Il finit par me rejoindre. J'ai posé sur un tronc la boîte de conserve que je viens de sortir de mon sac et qui lui est destinée. J'engloutis le contenu de la mienne, essayant d'en d'ignorer le goût écœurant. Une chose est certaine : jamais je ne pourrai m'habituer à manger cette nourriture industrielle tant elle est infecte. Je m'en accommode tout au plus. « Nécessité fait loi », disent les mortels.

— Cal ?

Je lève immédiatement la tête vers Matt. Rares sont les fois où il cherche à attirer mon attention. Il n'y a guère que quand nous nous retrouvons dans une situation comme ce matin, lorsqu'un danger plane autour de nous. Comme je le regarde, il reprend, hésitant :

— On continue vers le nord ?

Je fronce les sourcils. Il bredouille :

— J'imagine que tu veux te rendre au Canada...

Je sais qu'il me parle de l'endroit d'où il me croit originaire. Je ne relève pas pour autant : il est toujours plus instructif de laisser les autres parler plutôt que de les interroger. Mais avec lui, c'est peine perdue. Il conserve le silence, attendant que je lui dise quelque chose. Et que lui dire ? J'hésite. Et, faute de mieux, lui demande :

— Pourquoi ? Tu as une autre destination en tête ?

— C'est que...

Il doit bien sentir que cette situation m'exaspère, car il carre les épaules et lance d'une traite :

— Nous ne sommes pas si loin du Tennessee et c'est là que j'ai toujours vécu. Mais je comprendrai si tu veux rejoindre ta famille. Je veux rester avec toi et tant pis...

Il s'arrête. Je sais qu'il vient de cet État, c'est dans celui-ci que nous nous sommes rencontrés. Je sais aussi que ses parents et ses deux sœurs ont perdu la vie peu de temps après l'arrivée de la seconde vague de l'armée angélique. Ils ont été tués par des hommes qui sont entrés dans leur maison par effraction, en pleine nuit. Sujet à des insomnies depuis le début de la guerre, Matt avait alerté son père. Il était descendu, son épouse le suivant de près. Les coups de feu avaient brisé le silence, puis les cris de ses sœurs aînées avaient suivi. Mais l'adolescent n'était pas sorti de l'armoire que sa mère lui avait fait promettre de ne pas quitter tant que l'un de ses parents ne lui dirait pas de le faire. Des heures durant, il était resté là, attendant, espérant leur retour, mais personne n'était venu, pas même la police, un pompier ou l'un de leurs voisins alertés par les détonations d'armes à feu. Personne.

— Oublie ce que je viens de dire, bredouille alors le garçon. C'était une mauvaise idée.

Immédiatement, il se lève et s'occupe de déplier son sac de couchage, l'une des rares choses qui lui appartiennent. Il est aussi chaudement vêtu d'un jean, de pulls, d'un blouson et de boots que je lui ai ramenés peu de temps après notre rencontre. Je me souviens de l'angoisse que j'avais lue dans ses yeux lorsque je l'avais retrouvé après mon excursion dans la ville la plus proche pour lui trouver ces vêtements qui lui permettraient de passer l'hiver. Cela avait été l'une des rares fois où je n'avais eu aucun doute quant à ce que l'un de ces mortels pouvait éprouver.

En revanche, j'ai des difficultés à comprendre les raisons pour lesquelles Matt veut retourner dans le Tennessee. Serait-il inquiet de quitter un territoire qu'il connaît ? Pourtant, jusqu'ici, il ne m'a pas paru craintif. À mon tour, je finis par m'allonger et trouver le sommeil. Deux jours me seront nécessaires pour prendre la décision de nous diriger non vers le nord, mais vers le sud. Après tout, je n'ai aucune famille vers laquelle me diriger, et si par chance Matt peut trouver l'une de ses connaissances en chemin auquel je pourrais le confier... Et puis, j'ai réalisé que j'agissais comme si j'étais encore un ange, suivant l'exemple des autres en continuant à avancer vers l'avant dans cette mission d'extermination des mortels. Mais je ne suis plus l'un des leurs. Il me faut agir autrement. J'ai le *choix* d'agir autrement, j'ai mon libre arbitre, alors pourquoi ne pas retourner en arrière ?

***

— Ils sont nombreux.

Je ne regarde pas Matt, qui vient de souffler ces mots. Toute mon attention est fixée sur le parking de ce grand centre commercial rempli de camping-cars, des sortes de maisons véhiculées.

— Ils sont malins, non ?

Je fronce les sourcils. Pourquoi dit-il cela ? Sans doute parce que ces gens, qui doivent être une bonne centaine, ont pris soin de garer certains de leurs véhicules en cercle afin de créer une sorte de barrière qui leur permettra de circuler au centre en toute sécurité. Des hommes sont postés sur les toits des camping-cars, certains debout, d'autres assis ou allongé, tous armés de fusils pointés vers l'extérieur, une bonne chose pour eux.

— Tu crois qu'ils vont rester longtemps ici ?

Matt est particulièrement bavard, cela me surprend. D'un simple regard, je lui intime le silence puis continue d'évaluer les forces en présence. Nous restons ainsi durant de longues heures. Je secoue l'adolescent qui avait fini par s'endormir à côté de moi. Immédiatement, il se réveille, puis comprend mon intention de quitter notre poste d'observation – ce qui a été dans une autre vie l'intérieur d'une boutique de ce centre commercial. Il ne dit rien, me suit jusqu'à ce qu'il comprenne que nous nous dirigeons vers le campement au lieu de nous en éloigner. Là, sa démarche se modifie. Elle devient plus nerveuse. Il ralentit, même, alors que nous avançons à présent à découvert.

— Vous là ! Arrêtez-vous !

L'ordre nous a été donné par l'un des hommes postés sur le toit d'un camping-car. Je m'exécute, Matt aussi. Il suit à nouveau mes mouvements en me voyant mettre mes mains bien en évidence. Je laisse un groupe d'hommes armés nous approcher. Ils nous jaugent, nous fouillent. Là encore, je les laisse faire. Ils nous prennent le peu d'armes que nous avons en notre possession, principalement des couteaux et un pistolet que porte Matt à la ceinture. Ils agissent comme ils l'ont fait avec un couple quelques heures plus tôt. Encore les mêmes questions qui nous sont posées. Cette fois-ci, c'est moi qui y réponds. « Je me nomme Cal Reyes, et voici Matthew Thorn. » « Je viens du Canada, le garçon est originaire de cet état. » « Non. Nous ne savons pas où nous allons. »

— Quoi ?

Mon regard reste distant de Matt. Je viens de demander à ce groupe d'hommes s'il peut s'occuper du garçon ; ils ont bien accepté que le couple intègre leur groupe. Plusieurs de ces personnes me répondent en même temps. Leurs avis divergent, ce qui remet en question ma décision. Finalement, je ne les crois pas suffisamment compétents pour prendre soin de Matt. Le garçon tente d'attirer mon attention en disant mon nom, en me demandant des explications. De mon côté, je continue d'évaluer ces mortels, j'essaie de déterminer s'ils ont un chef, ce qui ne semble pas être le cas. C'est alors que Matt vient s'imposer entre eux et moi.

— Tu ne peux pas m'abandonner...

6
L'ACCEPTATION

Je ne comprends pas pourquoi il parle d'abandon.

— J'ai fait tout ce que tu m'as demandé, continue-t-il. J'ai fait en sorte de ne pas trop te déranger, hein !? Je me suis retenu de te poser des questions je ne sais combien de fois parce que je sais que tu n'aimes pas ça ! Alors pourquoi tu veux me laisser ? Je peux t'aider et...

— Tu seras mieux avec eux.

Je l'ai coupé pour lui faire comprendre la raison de mon choix.

— Ils ne peuvent pas me protéger comme toi tu l'as fait.

Son argument est tout aussi logique que ma décision de le confier à ceux de son espèce. C'est cela qui m'a convaincu de le laisser m'accompagner, et c'est pour cela que je ne l'ai pas laissé à ceux que nous avions rencontrés jusqu'ici. Je juge ce groupe suffisamment averti et compétent pour le protéger.

— Tu seras mieux avec des gens qui sont… eh bien... comme toi.

Pour appuyer mes paroles, je porte un regard vers ces mortels. Je ne comprends pas pourquoi je dois lui expliquer tout ça. Il devrait comprendre par lui-même que c'est la meilleure décision pour lui, non ? Il hésite, ses yeux noirs allant de moi aux neuf personnes qui nous font face à présent. Parmi eux, une femme intervient alors, sans y être invitée.

— Vous aussi, vous pourriez rester, si vous le désirez.

— Je ne le désire pas.

Elle semble surprise par ma réponse. Sans un autre mot, je décide qu'il vaut mieux que je m'éloigne au plus vite. C'est ce que je fais, indifférent de ne pas avoir récupéré mes affaires ; il ne me sera pas bien difficile d'en trouver en route. Je m'arrête : Matt s'est mis à me suivre. Je me tourne, mais lui ne s'arrête pas de marcher pour me rejoindre.

— Je croyais avoir été suffisamment clair.

Le ton n'émet aucune objection. Contre toute attente, il n'en tient pas compte. C'est la première fois qu'il s'oppose ainsi à moi. Je siffle son nom. Il s'arrête, me regarde, puis regarde ceux dont nous venons de nous éloigner.

— Tu as besoin d'eux, dis-je. Ton... tu n'es pas fait pour vivre seul.

J'ai failli dite « ton espèce », mais ça aurait éveillé des soupçons si j'avais fait allusion au fait que je ne suis pas des leurs. Quelques secondes passent, et il reprend à nouveau la parole :

— Toi non plus, tu n'es pas fait pour être seul.

Là encore, il a raison. Certes, il est jeune, mais il a bien plus de bon sens que la majorité des gens que j'ai pu observer jusqu'à présent. C'est aussi pour cela que je l'apprécie. Oui. J'apprécie ce jeune mortel. J'apprécie sa compagnie. J'hésite et il le voit. Il se redresse, lève le menton, force sur sa voix pour déclamer :

— Si tu ne restes pas, alors moi non plus !

— Vous pourriez rester pour la nuit, propose un homme.

Je tourne la tête vers celui qui vient de parler. Bien qu'en retrait et sur le côté, il suffit de voir l'attention que certains lui accordent pour savoir qu'il n'est pas un suiveur. La manière dont il vient de prendre la parole ajoute à son autorité.

— Histoire de manger, vous reposer, continue-t-il.

Si son visage exprime un air affable, son regard, lui, reste fixe, franc, intelligent.

— Vous semblez en avoir grand besoin. Demain, vous

déciderez si vous restez avec nous ou non.

Un autre lui demande à voix basse pourquoi il se soucie de nous, pensant que je ne l'entends pas. De manière tout aussi discrète, il lui répond qu'ils ont besoin d'hommes en bonne santé. « Homme. » C'est bien la première fois que l'on me nomme ainsi, et c'est étrange. Je regarde ce camp rempli de tous ces gens, puis Matt, encore perturbé, à ce que je vois, par ce qui vient de se passer. Perturbé mais décidé. Je ne me serais pas attendu à ce qu'il réagisse ainsi. En fait, je l'aurais pensé soulagé que je le confie enfin à un groupe de son espèce.

— Juste pour cette nuit, dis-je avant de le contourner.

Son inquiétude vient de laisser place à la surprise.

Il me sera facile de m'esquiver en pleine nuit. Au moins, je n'aurai plus à fournir d'explications. Et ne pouvant me suivre, le garçon restera avec ce groupe. Je pense toujours que c'est le meilleur choix pour lui et pour moi, même si les arguments qu'il m'a opposés sont justes. Le temps que je passerai dans ce camp me permettra de m'assurer que j'ai eu raison de penser qu'ils seront à même de protéger Matt. La stupidité de ma pensée me fait serrer les poings. Comment puis-je croire cela un instant quand je sais que rien ni personne ne peut être à l'abri, et certainement pas les mortels. Pourtant, ce n'est pas la première fois qu'il m'arrive d'avoir cette pensée, cet espoir. J'ai cru pouvoir protéger Lena, mais même un être comme moi expérimenté et dotés de capacités développées n'a pu y parvenir. Matt ne sera pas plus à l'abri avec moi qu'avec eux, c'est une vérité.

Je ne demande pas à récupérer mon sac et mes armes. Je passe entre ces gens venus à notre rencontre pour nous diriger vers le regroupement de camping-cars, Matt sur mes talons. Nous pénétrons dans la zone « protégée » cerclée par ces véhicules aux gabarits plus ou moins semblables. Sans y être invité, je viens m'accroupir devant l'un des feux de camp autour desquels se pressent les gens. L'adolescent reste à côté de moi. Il mange en silence l'assiette que vient de lui donner l'homme au regard franc. Quant à moi, j'ai englouti en quelques bouchées la mienne.

— Vous sembliez affamé, dites-moi !

— Je vous le confirme, oui.

Voyant que ce n'est pas la réponse qu'il attendait, j'ajoute :

— C'est qu'habituellement nous mangeons des conserves. Votre cuisine est bien meilleure.

Ma réponse semble lui plaire. Il ébauche un sourire. Les mortels baissent si facilement leur garde face à des compliments...

— Oui. Ce sont nos femmes qui ont préparé ce ragoût.

Certaines sont de très bonnes cuisinières. Une chance !

« Nos femmes. » Je suppose qu'il n'a pas de compagne. Je lui rends son regard. Il est assis sur une chaise en plastique de l'autre côté du feu.

— Mon nom est Meyer, mais tout le monde m'appelle Doc.

— Parce que vous êtes un docteur.

— C'est ça.

Ça le fait à nouveau sourire, même si ce n'était pas mon intention.

— Tu sembles être un homme compétent. Un homme qui sait se défendre, dit-il.

— Qu'est-ce qui vous permet de penser ça ?

— Je sais observer les gens, mon garçon.

J'ai déjà entendu cette réponse. C'est celle que donnent les aînés aux plus jeunes, ce qui est pour le moins ironique quand on sait l'âge que j'ai. Et puis son explication déclenche un sentiment qui est rare à faire naître chez moi vis-à-vis de ces mortels : la curiosité. C'est avec un grand intérêt que je l'écoute lorsqu'il se penche vers l'avant pour me souffler :

— Le fait que tu as survécu jusqu'ici prouve que tu es quelqu'un de capable, non ?

— La force d'un individu n'explique pas

nécessairement le fait qu'il survive.

J'appuie mon affirmation en portant mon regard sur la gauche, là où des enfants jouent assis à même le sol.

— Ceux-là survivent parce que des gens autant intelligents, déterminés que compétents consentent à les prendre sous leur protection.

À son tour, il accompagne sa remarque d'un regard vers Matt assis à côté de moi. Je le regarde, le garçon a la tête baissée, visiblement l'air gêné. Je reporte mon attention sur l'homme aux cheveux grisonnants sur les tempes et au regard franc.

— C'est pour ça que vous m'avez invité à passer la nuit avec vous.

C'est l'argument qu'il avait donné à voix basse à l'homme qui l'avait interpellé lors de notre rencontre. Il ne sait pas que je connais déjà la réponse. Celle qui va me donner me permettra de savoir s'il est honnête ou non avec moi, à défaut de pouvoir lire en lui. Mais au lieu de me répondre, il se met à rire.

— Tu sais, je pourrais me méprendre...

Je le regarde, un peu perdu :

— Vous méprendre sur quoi ?

Il cesse de rire, hausse un sourcil, mais Matt intervient :

— Il est canadien.

Généralement, il réplique cela quand j'ai dit ou fait quelque chose qui ne correspondait pas à la situation.

— Canadien, hein ?

J'ajoute dans la foulée :

— De Calgary !

— Tu vas me dire, ça pourrait expliquer ton air d'ours mal léché.

Je n'ai pas compris pourquoi il évoque cet animal. Sans relever, je me contente de le fixer. Il ricane à nouveau.

— Oui. J'espère que vous resterez avec nous, dit-il de sa grande franchise. Plus que jamais, nous avons besoin d'hommes comme vous. Vous comprenez pourquoi je vous ai immédiatement fait goûter la cuisine de notre chère Amandine.

Son regard se détourne vers une femme qui l'observe à la dérobée depuis un moment. Elle ne semble pas insensible à cet homme qui ajoute :

— Elle est française.

Pourquoi précise-t-il sa nationalité ? La précision justifierait donc la qualité de sa cuisine ou autre chose ?

— Beaucoup de nos femmes ont perdu leur époux. C'est triste, mais cela permet de nouvelles opportunités.

Une raison de plus de rester, l'ami.

Opportunités ? Parle-t-il de partenaires sexuelles ?

— Non, merci.

Ma réponse est ferme.

— Je vois.

Il voit quoi ? Cette conversation, l'une des plus longues que j'ai eues depuis Lena, me perturbe, me frustre. Cela ne semble pas être le cas de ce mortel qui hoche la tête : il a compris de cet échange bien plus que j'en serais capable. Le silence s'installe, libérateur. Je me mets à analyser avec plus de concentration tout ce qui se passe autour de moi, le campement en lui-même, mais cette fois-ci vu de l'intérieur, ainsi que les gens qui s'y trouvent, afin d'être certain que je fais le bon choix pour Matt. Le garçon continue à rester près de moi jusqu'à ce que ce Meyer dit « Doc » l'invite à rejoindre les autres jeunes. Il ne bouge pas pour autant.

— Va. Je vais essayer de convaincre ton... ami de rester, insiste-t-il.

Matt se lève, convaincu par l'argument que cet homme vient de lui donner. Je l'observe s'éloigner non vers des mortels de son âge se trouvant autour d'un feu proche du nôtre, mais pour s'isoler. Il s'assoit à même le sol en s'adossant contre le pneu d'une des caravanes. J'aurais préféré que ce mortel s'éloigne lui aussi, mais il est déterminé à me questionner, ce que je peux comprendre. Il tient à s'assurer que je ne suis pas une menace pour les siens, d'autant plus que c'est lui qui m'a laissé entrer.

— C'est un solitaire, déclare-t-il en fixant Matt avant d'à nouveau tourner ses yeux noirs vers moi. Pas étonnant qu'il reste avec vous.

— Vous vous contredisez.

— Pardon ?

— S'il reste avec moi, c'est que ce n'est pas un solitaire.

Il sourit encore. Cette fois-ci, cela me semble être un vrai sourire.

— C'est vrai. Vous avez raison.

Il passe une main sur sa nuque, un geste qui indique un certain degré de nervosité ou de gêne.

— Je vais être honnête avec vous, me dit-il. Il y a des désavantages à rester avec nous. Notre nombre, pour commencer. Le fait d'être si nombreux ne peut qu'attirer l'attention des anges. Mais d'un autre côté, cela dissuade les hommes de nous attaquer. Et puis on se déplace lentement, bien que pour le moment nous n'ayons pas l'intention de nous installer définitivement. Certains ne réclament que cela, mais c'est bien trop dangereux, vous en conviendrez.

Je hoche la tête, mais bien sûr je ne suis pas dupe. Il

me donne des avantages à chacun des inconvénients qu'il vient de citer ; j'ai affaire à un mortel plus intelligent que la moyenne.

— Et puis, il faut nourrir tout ce monde ! Sans compter que l'essence se fait rare, d'ailleurs c'est étonnant qu'on en trouve encore. Mais le gros point noir, c'est sans contexte Paton et sa bande.

— Qui ?

— Paton. C'est un policier qui s'est fait renommer ainsi, sans doute pour se rendre plus respectueux qu'il ne l'est.

Je n'ai pas compris en quoi le changement de son nom peut donner plus de respect à celui qu'il vient de nommer, mais mon interlocuteur continue sur sa lancée.

— Au début, son expérience nous a été fort utile, mais maintenant il a pris la grosse tête, il se croit le chef. Bref. L'avantage avec lui, c'est qu'il passe la grande partie de son temps en « exploration », comme il appelle ses petites excursions, pour trouver notre prochain point de chute ainsi que des vivres, du gasoil et d'autres choses.

— Ils vont revenir quand, ces hommes ?

— Probablement demain ou après-demain. Ils ne restent jamais bien longtemps loin du campement.

Je pensais que tout le groupe se trouvait là, et je réalise que l'impatience que j'ai ressentie plus tôt m'a conduit à faire une grave erreur de jugement. Il me faut rester pour analyser ces hommes dont il vient d'évoquer l'existence, d'autant plus si ce sont eux qui dirigent ce campement. Je décide de le relancer afin d'en savoir plus sur ce groupe auquel je compte toujours confier Matt.

— Et quels sont les avantages, Meyer, le Doc ?

— Tu peux m'appeler juste Meyer. Ça devient lassant de n'être nommé que par la fonction que j'occupe. Les avantages sont nombreux.

Il me fait une liste qui aurait pu être convaincante si j'étais incapable de nous apporter moi-même toutes ces choses. Certaines me paraissent d'ailleurs superflues. Je ne souhaite pas la compagnie d'autres personnes, bien au contraire. Il l'a déjà compris :

— Je ne vais pas vous convaincre, c'est ça ?

— Non.

Le mortel se lève, puis me regarde par-dessus le feu.

— C'est bien dommage. Je suis certain que nous aurions pu devenir amis.

Amis ? Je n'ai jamais eu d'amis. Je le regarde s'éloigner en direction de l'un des mobil-homes, probablement celui qui lui appartient. Mais alors, il toque à la porte, et la femme à la nationalité française lui ouvre, lui sourit avant de s'écarter pour lui permettre de grimper les quelques marches qui l'emmènent à l'intérieur. Et alors qu'il referme la porte derrière lui, le clin d'œil qu'il me fait conclut l'étrange et curieuse conversation que nous venons d'avoir.

Une fois seul, je me la repasse dans la tête, analysant toutes les informations que j'ai pu obtenir de cet échange. Puis je ne peux m'empêcher de regarder à nouveau du côté de Matt. Il reste là, seul, alors que certains jeunes sont venus lui parler. Comme lui, je continue à observer ces gens qui peu à peu s'isolent dans leur habitation mobile. Certains restent au centre de ce campement, s'allongent sur leur couche, autour des feux de camp. Ce n'est qu'au bout d'un long moment que Matt finit par me rejoindre. Il se couche à même le sol, sans réclamer un sac de couchage. Au début, il me tourne le dos, puis rapidement se remet dans ma direction. Même s'il ne me regarde pas, je vois bien qu'il lutte contre le sommeil pour s'assurer que je ne l'abandonne pas, terme qu'il a employé plus tôt. La fatigue a raison de lui, et pourtant je ne pars pas. Je reste assis jusqu'à ce que le matin se lève.

La matinée suivante passe, je m'attarde dans ce camp. J'attends que les hommes qui dirigent ce camp reviennent. Constatant que le fait que je sois assis sur ce rocher des heures durant dans une parfaite immobilité met mal à l'aise les gens, j'ai fini par me lever en tentant de me rendre utile, par exemple en déplaçant de lourdes charges. Matt ne me quitte pas, il me suit comme mon ombre.

Pourquoi est-il si attaché à moi qui n'ai fait que si peu de choses pour lui ? La réponse doit être la même que pour celle que je me pose quant à ce que je ressens pour ce jeune mortel, pour l'intérêt que je lui porte.

Le soir venu, Meyer, que tout le monde appelle pourtant Doc, nous tend à nouveau une assiette remplie du même ragoût que la veille. Cette fois-ci, je me force à manger doucement. D'une part, ça me permet de profiter plus longtemps du goût qui explose dans ma bouche, et d'autre part c'est ce que font Matt et Meyer. Ce dernier me parle de la vie du camp et me compte les histoires de certains d'entre eux.

Trois jours s'écoulent ainsi avant que la bande d'hommes revienne. J'entends le vrombissement de leurs motos avant même que les guetteurs sur les toits des camping-cars les aperçoivent. Meyer est l'un de ceux qui sont allés à leur rencontre. À une certaine distance, je l'entends parler à celui qui doit être ce fameux Paton, un homme comme lui d'une quarantaine d'années, à la corpulence un peu trop grasse et loin d'être suffisamment intelligent : il ne demande même pas à nous voir Matthew et moi alors qu'on lui explique que nous avons intégré les gens censés être sous sa protection. C'est à peine s'il me jette un regard de loin avant de s'installer autour d'un feu et de réclamer qu'on leur apporte de la nourriture. Il me suffit de quelques heures d'observation pour comprendre que jamais Matt ne sera en sécurité si le camp est dirigé par un tel homme. Maintenant, je peux admettre que Meyer a raison sur un point : il y a des avantages à rester auprès de ces gens.

Alors que nous sommes allongés, Matt et moi, je lui fais part de ma décision :

— Nous restons.

— C'est vrai ? souffle-t-il derrière moi. Tu restes avec moi ?

Je n'ai pas pris la peine de me tourner pour le regarder.

— Oui, mais je te préviens. Au moindre problème, nous partons.

— C'est d'accord.

7

L'APPARTENANCE

10 mois après la séparation

Matt entre sous notre tente en trombe. Cela fait plus de quatre mois que je vis avec lui dont la moitié dans ce groupe que nous avons rejoint, et pourtant j'ai autant de mal avec l'agitation qui peut le prendre sous le coup de l'émotion. Il ne le sait pas, mais cet adolescent est le mortel avec lequel je suis resté le plus longtemps.

— Y'a du grabuge. Tu ferais bien de t'amener, me dit-il.

Il est également celui qui a la plus grande influence sur mon existence. C'est à cause de lui que je me retrouve à côtoyer chaque jour qui passe tout un tas de mortels, d'autant plus que nous sommes de plus en plus nombreux. Je m'assois sur le bord de mon lit de fortune pour enfiler mes bottes. Je n'ai pas besoin de dire à Matt ce que j'attends de lui ; il me connaît suffisamment pour interpréter mes silences. Il ne tarde pas à me donner davantage d'explications :

— C'est l'équipe 4. Ils sont revenus ! Enfin, cinq d'entre eux.

Matt tangue d'un pied sur l'autre, il ne tient pas en place. Ce qui se passe doit donc être particulièrement excitant. Il s'est déjà plaint du fait qu'il ne se passait pas grand-chose dans le camp. Les mortels répètent sans cesse vouloir être en sécurité, et pourtant se plaignent du calme dont ils peuvent profiter. Encore une aberration de leur désir… Debout, je laisse ma veste sur le lit – elle me sert davantage de coussin que de vêtement. En ce mois d'avril, il fait suffisamment chaud pour que je sorte dehors en t-shirt sans que je ne paraisse pour autant anormal. Je remonte les caravanes en file indienne arrêtées là pour la nuit sur cette route de campagne. Nous rejoindrons bientôt notre nouveau site à quelques dizaines de kilomètres de là.

— Ils sont apparemment tombés sur un os.

Et alors que je hausse un sourcil, il ajoute :

— T'as pas compris, c'est ça ? devine-t-il. Parfois, je me demande si t'es vraiment canadien, tu sais ? Hum…

Ils ont rencontré des ennemis.

— Anges, humains ou animaux ?

Ce n'est pas la première fois qu'il fait référence à mes origines. Il a des soupçons me concernant. En passant autant de temps à mes côtés, il a noté des choses que je ne suis pas censé faire pour un mortel normal : le fait que je sois capable d'entendre ou de voir ce que lui n'arrive pas, ou lorsque nous avions subi l'attaque d'un lion, le nom qu'avait donné Matt à l'animal qui nous avait surpris sur une autoroute déserte au cœur de l'hiver. J'aurais bien laissé tranquille la bête, mais, trop affamée, elle s'était élancée vers le garçon. Je m'étais mis en travers de sa route, et après d'âpres minutes de lutte à rouler sur le sol, je n'avais eu d'autre choix que de lui briser le cou. La bête s'était révélée bien plus forte et combative qu'escompté. Depuis que nous sommes ensemble, Matt prétend que je suis normal et me fait paraître comme tel vis-à-vis des autres. Il joue également un rôle d'intermédiaire entre eux et moi qui, prudent, limite au maximum mes contacts avec ces gens. Jusqu'ici, j'ai réussi à me fondre dans la masse, comme dit Matt. Il est vrai que ce n'est pas aussi difficile que je l'aurais pensé si je tiens compte des chamboulements survenus depuis le début de la guerre céleste. Chacun d'entre nous a vu sa vie radicalement changer. Que je le désire ou non, j'entends ces gens raconter les malheurs qui les ont frappés depuis l'arrivée des anges, qui continuent à faire des ravages parmi les hommes.

— J'sais pas. Trop amochés pour parler, les gars. Ils sont chez Doc.

Le garçon use de ce terme pour nommer Meyer. Depuis peu, il fait des efforts pour agir comme les autres, pour vouloir faire partie de la bande. Il passe de plus en plus de temps avec les mortels de son âge, bien plus qu'avec moi, certain à présent que je ne le laisserai pas. Plus j'approche de la tente médicale montée au côté du camping-car de Meyer, plus mes enjambées s'allongent. Matt n'a que quatorze ans. Sa taille d'adolescent ne lui permet pas de suivre mon rythme, il trottine derrière moi. Je fronce les sourcils en me rendant compte que je n'ai même pas été capable de sentir ce qui se passait. Même endormi, j'aurais dû percevoir les gens s'activer et remarquer l'odeur du sang qui empeste autour de la tente dans laquelle je pénètre. Le médecin et son équipe relèvent la tête à notre arrivée. Meyer se replonge au travail, mais ses assistants, deux femmes et un vieil homme, mettent un peu plus de temps à réagir. Ils me regardent. Une sorte de crainte, mais également de fascination. Ils ignorent ma vraie nature, mais leur instinct, lui, n'est pas dupe. Ils savent que je suis dangereux, et en même temps ils ne s'écoutent pas. Les humains préfèrent se fier à leur raisonnement. Ils se disent évolués, mais leurs ancêtres, eux, étaient bien mieux adaptés pour la survie.

« *Ils ont oublié.* »

Depuis notre intégration, je me suis fait discret en refusant, par exemple, de faire partie de la bande armée censée protéger le camp. Je passe la majorité de mon temps à l'extérieur à chasser afin de ramener du gibier. Chacun se doit d'avoir une utilité dans notre camp, au moins un concept qui me parle. Cela fait plus de deux mois que nous vivons avec eux. J'aime me sentir utile et, dans une certaine mesure, faire partie d'un groupe, comme ça a été le cas pour moi pendant des milliers d'années.

— L'un d'eux a parlé ?

Meyer est la seule autre personne en plus de Matt avec lequel je passe du temps à parler – généralement le soir, pour le dîner. Sans même relever les yeux de la plaie à l'abdomen du pauvre blessé dans laquelle il trifouille, il m'indique :

— Regarde derrière. Il n'a plus qu'une jambe, mais il peut encore parler.

Je contourne rapidement la table de travail, de laquelle le sang dégouline pour se répandre sur le sol déjà gorgé du liquide écarlate. Je m'approche du blessé amputé que m'a indiqué le docteur. Il a les yeux clos. Mon regard glisse sur la jambe manquante. Un garrot fait avec une ceinture en cuir au niveau de l'aine permet au garçon, qui ne doit pas avoir plus de vingt-cinq ans, de ne pas se vider de son sang. La coupure est nette. Je préférerai rester en dehors de toute cette histoire, mais je veux savoir ce qui se passe pour pouvoir réagir comme il se doit face à cette situation. Sans me retourner, je lui demande :

— Est-ce toi qui l'as amputé ?

— Non.

— Donc ils sont tombés sur des anges, commente Matt bien inutilement, alors qu'il est passé de l'autre côté de la civière pour observer le blessé.

— Ne le touche pas.

Mon ordre bien que bref arrête le geste de Matt qui s'apprêtait à réveiller le garçon entre nous. C'est inutile. J'ai la réponse que je cherchais. Ce n'est pas la seule raison. J'ai également... pitié pour ce garçon à peine plus âgé que ne l'est Matt.

— C'est vrai qu'il vaut mieux qu'il soit dans le coaltar, soupire-t-il en accordant un bref regard au blessé.

Il grimace, puis s'en détourne sans autre forme de compassion. Il m'arrive de me dire dans ces moments que ce garçon, qui est encore un enfant, en a trop vu pour ne plus être autant affecté par un spectacle comme celui-ci. Mon regard survole le reste des civières. À part le jeune mortel à la jambe manquante et celui qui est sur la table d'opération, les autres n'ont pas survécu. Je me tourne à demi vers ceux qui entrent sous la tente. Je n'ai pas besoin de les regarder pour déterminer leur identité. Leurs odeurs, les bruits qu'ils émettent parlent pour chacun d'entre eux. Le danger que je perçois au vu de la situation ne me permet plus de rester en retrait : il me faut intervenir. D'une voix assurée, je demande aux nouveaux arrivés :

— Comment sont-ils revenus ?

— Nous les avons trouvés à trois kilomètres au nord, répond l'imbu Paton.

— Tous vivants ?

— Pourquoi ? Vous vouliez qu'on les laisse crever là-bas ?

Le ton employé est hargneux ; je me tourne complètement vers lui et ses hommes. C'est la première fois que je les regarde directement, et je note immédiatement la surprise dans leur regard, puis de la crainte vite étouffée par leur orgueil.

— J'suis sûr que ça lui ferait rien, à lui, ajoute un autre derrière son chef.

Il n'est pas rare que les gens changent ou aient changé de nom après la guerre entre les hommes et les anges qui a éclaté quatre ans plus tôt.

Une façon de s'approprier une nouvelle identité, une nouvelle vie en délaissant l'ancienne. J'ai encore des difficultés à comprendre pourquoi certaines personnes décident d'effacer ce qu'elles ont été, puisque c'est justement ce passé qui fait d'elles ce qu'elles sont. Meyer est l'un des seuls avec lequel nous avons réussi à sympathiser depuis notre arrivée dans ce camp, Matt et moi. Il m'a expliqué que beaucoup ont trop perdu et qu'il est impossible pour ces gens de continuer à survivre en restant liés à leur passé. Ils doivent « couper les ponts », comme ils disent, tenter d'oublier qui ils étaient, ceux qu'ils aimaient pour ne serait-ce qu'exister. Bref, la plupart du temps, je ne comprends vraiment pas les humains, et ce n'est pas faute d'avoir essayé. En revanche, j'arrive à deviner ce que ressent Paton, un être petit mais charpenté. Il le dissimule à tout le monde, mais j'ai bien vu que sa jambe droite traîne plus longuement que l'autre sur le sol : il a subi une sérieuse blessure. Il tente par tous les moyens de paraître davantage que ce qu'il est. Sa tenue est propre en toutes circonstances, et il est rasé et coiffé avec attention. Cette apparence propre et policée contraste fortement avec le mépris qu'il affiche à mon encontre, et ce, depuis que j'ai refusé d'être sous son commandement. Mon regard se porte loin derrière lui au moment où il va parler. Je l'interromps :

— Il est trop tard.

8

LA COMBATIVITÉ

Paton fronce les sourcils. Il est fâché par mon intervention et ne se prive pas pour le faire remarquer :

— Ça veut dire quoi ça, encore ?

Sa voix m'est parvenue dans le lointain, car je me projette déjà sur ce qui se passe à l'extérieur de cette tente. Mon corps se tend, mon souffle s'apaise, mon esprit s'aiguise, prêt à combatte. Je peux suivre la progression de ceux qui remontent la colonne des véhicules, semant la mort sur leur passage. Ils sont loin d'être discrets. Beaucoup tombent, certains commencent à réagir. Leurs cris s'élèvent, leurs pieds frappent l'asphalte tandis qu'ils tentent de fuir, certains même envoient des prières à un dieu, celui-là même qui a pris la décision d'envoyer ses guerriers pour les exterminer.

— J'attends une réponse, me rappelle à l'ordre le chef de ce groupe qui, à chaque seconde qui s'écoule, perd un ou plusieurs membres.

Ils n'entendent pas ce qui se passe à l'extérieur... pas encore, et pourtant il suffit de les voir pour comprendre qu'un grand danger les menace. Chacun réagit à sa manière mais, comme on pourrait s'en douter, c'est la colère qui prédomine sur l'homme censé veiller sur ces gens. Je sais que ce que je m'apprête à déclarer est inutile. Mais je le dis quand même, sur un ton posé. Ces hommes me semblent si lents à saisir les implications de ce qui se passe…

— C'était un piège. Vos hommes les ont conduits jusqu'ici.

L'armée céleste utilise toutes les faiblesses des mortels contre eux. Ils savent par exemple qu'ils portent secours à leurs semblables. Ils auraient dû savoir que les anges ne laissent jamais de blessés. Ils tuent. Point. S'attendent-ils vraiment à ce que leurs ennemis fassent preuve de compassion ? Pourtant, jusqu'ici, ils ont toujours fait l'inverse. Paton et ses hommes sortent précipitamment de la tente. Enfin, ils réagissent. Quant à moi, si les anges me trouvent, il ne fait aucun doute qu'ils me tueront ; que je sois avec leurs ennemis leur suffit. Je me retourne vers le docteur :

— Transportez ceux qui peuvent l'être, abandonnez les autres, Meyer.

Connaissant l'homme à qui je viens de dire cela, je devine que ce doit être un véritable déchirement pour lui. Toute sa vie il a porté assistance à ses semblables, y compris avant la guerre, puisque c'était son métier. Mais je sais également que c'est un être raisonnable. Il fera au mieux pour sauver un maximum de personnes. Il suffit de voir cette lueur de détermination qui remplace bien vite le tourment dans ce regard d'un noir d'encre.

— La fuite. C'est votre seule chance.

Ceci dit, j'empoigne Matt par le bras et sors avec lui. Comme je m'y attendais, dehors c'est le chaos. Les humains ne savent qu'agir dans la confusion, la panique lorsqu'ils sont en danger. Cette attaque ne fait pas exception. Ils crient, courent dans tous les sens, désorganisés. Les anges que j'aperçois à une bonne centaine de mètres sont silencieux, méticuleux, ils ne forment qu'un, ils sont poussés par un seul but commun : tuer leurs ennemis, nous abattre. Je marque un temps d'arrêt. J'évalue leur nombre, leurs déplacements pour trouver la meilleure façon de les éviter.

Ils sont six, et ils nous ont pris en tenaille en remontant la colonne des véhicules des deux côtés de cette route de campagne. Je me tourne à demi vers le mobil-home du docteur. Nous devons fuir dans cette direction en nous enfonçant dans la forêt. Et puis non. Un septième ange s'y dissimule, prêt à exterminer tous ceux qui s'aventureraient dans les bois. Je ne suis pas censé le voir, mais il est là. D'autres se précipitent dans sa direction. Il les attend, prêt à les abattre. Les anges usent de ruses à présent, indiquant que le nombre de leurs ennemis a fortement diminué, qu'il leur faut les débusquer.

Ne reste que le champ face à nous, un espace ouvert qui ne permet pas de se cacher. Une femme y court déjà, portant dans ses bras sa fillette. Un éclat argenté fuse dans les airs. L'épée touche sa cible, qui s'effondre dans un cri de souffrance, de surprise, de désespoir. Derrière moi, Matt s'arrache à ma prise et se met à courir vers un homme d'un certain âge. Je le reconnais, il a sympathisé avec lui, mais je ne sais plus son nom. Lui ai-je à un moment demandé ? Il lui porte secours, l'aide à se relever alors que déjà il gît au sol. Au moment où je me plante devant lui, le garçon lance furieusement :

— Il faut les aider, Cal ! On ne peut pas les laisser !

Sa voix est comme désarticulée. J'ai des difficultés à la reconnaître. Probablement une conséquence de la peur qu'il doit éprouver face à ce qui se passe tout autour de nous. Le vieux n'a pas le temps de protester. Sans plus attendre, je le fais basculer sur mon épaule droite avant de me redresser et de courir vers la caravane de Meyer, la plus proche de notre position. Le temps, voilà ce qui me manque à présent. J'ouvre la porte et jette pratiquement à l'intérieur l'homme âgé, puis, tout aussi brusquement, j'attrape Matt avant de le forcer à rentrer à son tour. Je claque la porte métallique sans autre explication ; c'est bien inutile au vu de la situation.

Ma décision de rester, de me battre est irrationnelle. La situation ne tourne pas à mon avantage, surtout qu'ils sont sept, un nombre important. En fait, la dernière fois que j'ai eu à faire face à une escouade aussi importante remonte au début de la guerre. Trois explications me viennent en tête : soit nous avons joué de malchance, comme diraient les hommes en tombant sous un territoire contrôlé par un groupe d'anges aussi conséquent, soit nous approchons d'une ville d'importance, et je doute qu'il en reste beaucoup dans ce monde depuis la disparition des gouvernements. Ou encore, dernière possibilité : ils nous ont repérés et ont décidé de se rassembler avant d'attaquer notre groupe, qui ne compte que deux cents personnes. Leur nombre et leur changement de tactique m'incitent à penser que c'est en effet cette dernière possibilité, cela prouverait que l'humanité va bien mal. Un regroupement comme le nôtre ne peut attirer autant l'attention, sauf si les autres qui se cachent eux aussi sont peu nombreux. Je pince les lèvres de mécontentement. Toujours ces sentiments, ces pensées qui interfèrent dans mon jugement, mon raisonnement. Il me faut garder l'esprit clair et concentré, et ne pas m'inquiéter pour des choses qui peuvent bien attendre. Enfin, si je survis.

J'observe mes ennemis qui ont eu le temps de se rapprocher de ma position tout en continuant à faucher des êtres humains sur leur passage. Ça y est. Une brèche dans leur rang me pousse en avant. Je cours, slalomant entre les hommes et les femmes qui prennent la direction opposée à la mienne. Ils tentent de fuir les anges alors que je vais à leur rencontre. Je contourne un véhicule. Depuis que je suis avec ce groupe, nous n'avons eu de cesse de nous déplacer. Cela n'a pas été suffisant pour être hors des radars de nos ennemis. Pourtant, j'avais bien prévenu Paton et son groupe d'éviter de nous diriger vers l'est, en nous rapprochant de la côte, sachant que c'est dans cette zone que se concentrent les grandes métropoles américaines. Je les avais également mis en garde contre le fait d'envoyer des groupes d'hommes à l'extérieur sans avoir été réellement formés pour cela. « Indispensable de faire de la reconnaissance » avait été l'argument de l'ancien policier. La preuve : c'est eux qui se sont fait repérer, et non l'inverse. Des novices incapables de s'orienter, de dissimuler leurs traces contre de véritables chasseurs qui ont à leur actif une expérience que ne pourront jamais avoir les hommes. Ils les ont conduits tout droit à nous avec une facilité déconcertante.

Encore ces interférences qui me déconcentrent. Je

manque d'être transpercé par l'extrémité de la lance, qui déchire la bâche de la tente derrière laquelle je m'étais dissimulé. J'attrape d'une main le manche en acier et tire dans la direction. L'ange qui ne peut me voir doit être surpris par la force de résistance que je lui oppose. Il est déséquilibré. Suffisamment pour que je puisse retourner son arme contre lui et le lui enfoncer en plein plexus. Je n'attends pas pour retirer la lance et l'enfoncer directement – en plein cœur, cette fois-ci. Le coup se répercute de ma main à mon bras. La lame est bien passée entre les côtes et a atteint sa cible ; je peux l'entendre. Le souffle se coupe, les battements de cœur de mon adversaire, que je ne vois pas, ont raté, puis il pompe plus fort, tentant de fonctionner correctement. Peine perdue. Je tourne la lame dans le corps de l'ange. Cela permet à la fois d'abréger ses souffrances, même s'il ne peut pas réellement les ressentir, et pour ne pas perdre de temps avec lui. Puis, dans un geste souple en arrière, je récupère l'arme céleste. Son propriétaire s'écroule. Je sais qu'il est déjà mort avant d'avoir atteint le sol. Ce que je ne peux pas deviner, en revanche, c'est s'il a pu prévenir ses semblables de son sort, de ma présence.

C'est une des raisons pour lesquelles j'ai préféré l'attaquer sans qu'il me voie : afin qu'il évite de transmettre ma description. Comme toujours, il me faut faire preuve de prudence autant que ça m'est permis. Je lève ma main armée. Je sers le manche de la lance, éprouvant du plaisir de tenir à nouveau une arme céleste que je modifie en épée. Oui. Enfin.

La réalité se rappelle moi par une détonation qui éclate. Une grenade. Je pars du côté opposé en étant aussi furtif que possible, comptant sur la multitude des gens qui emplissent encore le camp pour me dissimuler à la vue des anges. Ils font suffisamment de vacarme pour cela, et je me fonds dans la masse grâce à mon apparence et en prenant soin de modifier l'épée pour en faire un coutelas bien plus discret. J'aperçois deux groupes d'hommes. Ils entourent chacun un ange en leur centre et s'acharnent à le frapper. Il leur faudra du temps pour réussir à l'abattre, mais je suis le témoin de leur détermination, de la coalition que peut faire preuve l'humanité quand elle se sent menacée, quand elle se doit de survivre. Bien. Un distrait, plus un que je viens d'abattre. Il n'en reste plus que cinq. J'en repère un de dos. Il frappe de sa massue une femme qui tente de lui échapper en rampant sur la terre boueuse. Trop tard. L'arme l'atteint au dos et je ne doute pas qu'elle soit morte sous la force du coup porté. Un regard alentour et je m'avance dans l'espace dégagé. Il ne me faut que deux secondes pour être sur l'ange. Il amorce un mouvement pour se détourner de celle qu'il vient d'exécuter quand ma lame s'enfonce au niveau de ses reins. L'effet est immédiat : il tombe à genoux. Il est plus aisé pour moi de le maîtriser dans cette posture vu son gabarit, bien plus imposant que le mien. La longueur de mon coutelas toujours en lui s'allonge, effet de la pression bien particulière que j'applique sur la garde. Le métal prend l'apparence d'un cimeterre. Il me faut forcer sur le manche pour faire remonter l'arme vers le ciel, tranchant chair, os et tendons jusqu'au niveau de l'épaule gauche par où sort la lame. Je viens de couper pratiquement cet ange en deux, quand la douleur me saisit.

Je suis à mon tour touché. Je ne l'ai pas entendu arriver. La souffrance éclate au niveau de mon flanc droit que j'ai laissé sans défense, très vite chassé non par la lumière, que je ne possède plus, mais par la colère contre moi-même. J'ai réalisé que de puissants sentiments ont cet effet de me détourner des douleurs physiques. La lame de mon ennemi toujours en moi, je projette néanmoins mon coude en arrière, qui percute en pleine face celui qui m'a attaqué. Les hommes diraient qu'il a agi avec lâcheté. Nous ne voyons pas les choses ainsi. Un meurtre est un meurtre. Qu'importe la manière de s'y prendre, que ce soit en attaquant par surprise ou de face, nous donnons la mort. Quelle noblesse peut-il y avoir à cela ?

Ma rapidité d'action fait que je ne permets pas à mon nouvel adversaire de m'abattre. Je perçois la lame qui sort de mon corps avec une précision accrue. Je maîtrise à nouveau la douleur – enfin, elle ne me submerge pas ; elle reste comme en périphérie de ma conscience. Je me retourne et constate que ce n'est pas un, mais deux anges qui se tiennent là devant moi. Me revient en mémoire ce que Matt n'a de aime à répéter lorsqu'il se trouve dans une de ces situations dangereuses vers lesquelles il tombe sans arrêt : « Ça va chauffer ! »

9
LE RESPECT

Je baisse mon cimeterre qui repose le long de ma jambe. Le sang chaud glisse à nouveau de ma main vers mes doigts ; le sang de celui que je viens de tuer. L'un des leurs. Je les observe aussi calmement qu'ils le font. Tout n'est que turbulence, mouvement, chaos autour de nous, mais nous, nous conservons le contrôle de notre corps, de notre tempérament. Ils doivent savoir qui je suis, ou plutôt ce que je suis à présent. Je peux presque entendre leur discussion. Ils se tiennent côte à côte et toute leur attention semble fixée sur moi. C'est certain. Ils savent que je suis un déchu : un homme n'aurait pu abattre l'un des leurs aussi aisément. Un homme ne pourrait rester aussi statique face à ce déchaînement de violence. Un homme ne pourrait pas tenir l'arme que j'ai dans la paume de ma main. Ils n'ouvrent pas la bouche, n'essaient pas d'entrer en contact avec moi. Je sais parfaitement ce qu'ils pensent de moi, car j'ai été moi-même l'un des leurs, et j'ai ressenti la même chose envers les déchus. Ils ne se doutent sûrement pas que leur avis ne fait que renforcer ma détermination à les battre. Il est étonnant de constater à quel point on réalise qu'on veut vivre lorsque notre vie est menacée. Je n'avais pas compris le raisonnement de certains des anges que je connaissais, qui enviaient la mortalité de certaines espèces.

À présent que j'ai évolué parmi eux depuis quelques années, que je ressens des émotions, que je partage cette incertitude de vivre ne serait-ce qu'un jour de plus, je réalise à quel point la vie est précieuse. Ma précédente existence n'était qu'une continuité. Maintenant, chaque instant compte. Avant, je n'existais qu'à travers la communauté ; désormais, je me démarque, je peux apporter quelque chose, avoir un impact, je ne suis plus que le maillon d'un groupe. Je ne renie pas celui que j'ai été, ce que j'ai fait. J'ai juste pris conscience que ma déchéance m'a forcé à une nouvelle existence, une nouvelle opportunité de me renouveler. C'est ce que je me dis quand je me sens sombrer dans un « état de déprime », comme disent les humains. Oui, ceux qui me font face, l'arme au clair, ne savent pas à quel point je veux vivre. Me revient en mémoire ce que m'avait dit Meyer lors de l'une de nos conversations : « Ce n'est pas tout de vivre. Il faut y trouver une raison ! »

Eh bien, je viens de la trouver en me lançant dans ce combat pour protéger les mortels.

Cette révélation, cette nouvelle détermination, me pousse à m'élancer en avant. Mes pas frappent durement le sol, je m'ancre à cette terre – avant, je n'aurais fait que la survoler. Si je perds en rapidité, je me sens plus fort. Une torsion du poignet pour faire tourner le cimeterre, puis, d'un cri rageur, je porte le premier coup à celui se trouvant sur ma droite. Il bloque ma lame tandis que l'autre attaque du côté opposé. Je rejette mon torse en arrière pour éviter le coup, et projette dans le même mouvement mon pied qui atteint le ventre du grand blond sur ma droite. Il décolle du sol de plusieurs mètres. Jamais je n'ai projeté l'un de mes adversaires si loin. Pourtant, j'estime qu'il ne lui faudra que trois secondes avant qu'il ne retombe sur ses pieds et ne revienne à l'attaque. Je me concentre et m'applique à administrer des coups précis à l'autre armé de deux coutelas. Je suis plus fort que lui, et l'atteins sur le torse à plusieurs endroits. En même temps, je contre de mes avant-bras ses tentatives de m'atteindre de ses mains armées. L'autre revient. De ma main libre, j'attrape le poignet de l'ange aux coutelas. Une traction de son bras que je brise au passage, je le place devant moi à l'instant où l'épée arrive sur nous. La lame aurait dû m'atteindre, mais elle s'enfonce dans le ventre de mon bouclier. Pas aussi promptement que je l'aurais voulu cependant. Comprenant son erreur, le blond arrête son geste à mi-parcours. Il retire aussi vite son arme de son acolyte. Je sais ce qu'il pense : il se demande si son coup a été mortel pour son semblable. Je profite à nouveau de ce lien entre ces deux-là pour agir à mon avantage.

Je projette le poignet de l'ange que je tiens dans ma main vers l'autre, comme s'il était un prolongement de mon propre bras. Le coutelas entaille le torse nu du blond, une fois puis deux. Je me demande quand il va agir, quand il va blesser, assommer – ou autre – pour faire en sorte que celui qui se tient entre nous ne soit plus un obstacle. Rien ne vient. Celui que je déplace tel un pantin, pourtant affaibli par de multiples blessures d'armes célestes, tente de se libérer. J'apprécie sa combativité. La torsion qu'il effectue provoque un craquement sonore : il vient de se déboîter l'épaule pour se libérer de ma prise. Je le relâche avant que ce soit mon cas ; à la différence de lui, je ne peux me permettre ce genre de blessure. Non que cela ne guérira pas aussi vite que la sienne. Simplement, il me faut avoir tous mes moyens pour finir ce combat que j'ai déclenché.

La respiration du brun, celui qui a un genou à terre, est sifflante. Ma lame a atteint son poumon gauche. Son acolyte à la longue chevelure dorée attaque. Il souhaite finir le travail, mais également donner du temps à l'autre pour guérir. Mais moi, je ne lui en laisse pas le temps. Ma main armée se lève au-dessus du blessé agenouillé devant moi. Puis, avec précision et rapidité, j'abats ma lame qui s'enfonce dans la nuque du blessé jusqu'à la garde. L'épieu métallique est la seule chose qui empêche le mort de tomber ; il finit par s'écrouler lorsque je le retire. Sans attendre, je me mets en position pour contrer l'attaque de l'autre, qui vient d'assister à la mort de son semblable.

Les genoux fléchis, le regard aiguisé sur le moindre de ses mouvements, il s'avance vers moi. Puis se fige. Un second impact se répercute dans tout son corps. Il baisse son regard et fixe l'extrémité des deux flèches qui viennent de l'atteindre en pleine poitrine. Il est étonnant d'observer l'argent se répandre dans son corps : les veines prennent la couleur du métal tout autour des plaies. L'ange relève son visage et ancre son regard au mien. Il a conscience que le feu va le consumer, que son corps va s'embraser. Ce n'est qu'une question de secondes avant que la moindre cellule de son corps ne soit contaminée par l'argent qui le dévore. Mon attention se porte au-delà de cet ange qui tombe à genoux. Je regarde ceux qui viennent de tirer sur lui. Ils hésitent, partagés entre la satisfaction d'avoir abattu un de leurs ennemis, la fascination d'assister à la mort d'un ange et la crainte – toujours elle – qu'il ne les attaque dans un sursaut d'énergie. Il ne fait aucun doute que c'est ce qu'il ferait s'il le pouvait encore. La détermination est toujours là, dans son regard d'un rouge sang. Je m'approche et pose un genou devant lui. Toujours sur mes gardes, je jette un coup d'œil à son arme, qui à présent a l'apparence d'un bâton auquel il se raccroche du peu de forces qu'il lui reste. Il tente d'endiguer le flot de souffrance qui se propage comme un feu de paille dans tout son corps. Car la douleur causée par l'argent qui s'infiltre en lui est telle qu'il ne peut l'occulter d'aucune manière, il est condamné à la sentir.

Les hommes ont trouvé un moyen de nous combattre. Leur ingéniosité mêlée à leur détermination de trouver une arme contre l'armée céleste leur a permis de comprendre que l'argent, ce métal présent sur cette planète, est notre faiblesse. Certes, il faut bien plus que ce composant pour nous tuer, mais ils ont dû trouver une parade, dont j'observe les effets sur cet ange qui se tient prostré là, devant moi. C'est la première fois que je suis témoin des effets de cette arme sur un ange. Je ne savais même pas que les hommes de ce camp en avaient à leur disposition. J'ai entendu dire que le calvaire subi par la victime pouvait durer des heures, le métal se répandant lentement dans le système sanguin. Un à un les organes internes se consument. Une torture des plus atroces que je ne peux décemment pas faire subir à cet ange. Certes, j'étais prêt à le tuer, car ma survie et celle des autres humains en dépendaient. Qu'il meure, oui, mais pas comme ça !

Je jette un regard sur les hommes autour de nous. Peu d'entre eux affichent un peu de compassion pour ce que subit l'ange. La plupart montrent au contraire une grande satisfaction, voire de la jouissance malsaine. Je n'attends pas leur approbation. Je croise à nouveau le regard de l'ange qui a relevé la tête. Je sais très bien qu'il ne me demandera rien, qu'il ne tentera même pas d'entrer en contact avec moi. Mon geste est précis et rapide : ma main armée ne fait qu'un mouvement de va-et-vient en avant. Puis je pose ma main gauche sur sa nuque et accompagne son geste tandis qu'il tombe en arrière sur le sol. Je suis à l'écoute de son cœur, percé de ma lame, et dont la mesure est irrégulière. Le regard de l'ange fixe le ciel d'un gris orageux par les trouées de la floraison. Pris dans le combat, je n'avais pas réalisé que nous nous étions déplacés jusqu'à l'orée de la forêt jouxtant la route. Des gouttes s'écrasent sur son visage, qui à présent se relâche en même temps que la douleur et la vie le désertent. À l'instant de sa mort, sa grâce quitte l'enveloppe charnelle et s'élève pour rejoindre le tout. Tout ce qui faisait de lui un être à part disparaît dans le cosmos. C'est ce que je crois, ou plutôt ce que je veux croire. Des milliers d'années vécues, tant de connaissances qui m'ont été transmises, et pourtant beaucoup de mystères demeurent. Je fixe à présent le regard vide de celui que je viens de tuer.

— Nous le voulions vivant !

Je tourne la tête. Paton s'avance, la foule le suivant de près. Voir ces visages me rappelle que je n'ai pas tué inconsidérément, inutilement. Mais alors qu'ils s'avancent, je sais que je viens de leur fournir une raison de me chasser, peut-être même de me tuer.

— Il allait mourir de toute façon.

Meyer, qui vient de répondre à Paton, se dirige également vers moi. Je me relève souplement pour faire face à celui qui pense avoir beaucoup de pouvoir et d'ascendant sur les autres. Il n'en a aucun sur moi. En le regardant froidement et sur un ton posé, je lui réponds enfin :

— Vous avez commis trop d'erreurs.

— Quoi ? crache-t-il en s'arrêtant à deux mètres de moi.

Les traits de son visage se contractent, il perd patience. Puis ses yeux d'un marron presque noir fixent le bâton que je tiens à présent dans ma main. Il est toujours intéressant d'observer le cheminement des réflexions d'un humain. La surprise. Les interrogations alors que je peux tenir une arme céleste. La révélation sur mon identité. Comment pouvait-il encore en douter après m'avoir vu affronter et tuer des anges. Cette fois-ci, il est sûr. Alors son regard laisse entrevoir cette haine que les mortels ont à présent contre les créatures célestes. Cette haine et surtout cette peur, celle-là même qu'il tente par tous les moyens et en tout temps de dissimuler sans vraiment y parvenir. Moi, il ne me trompe pas. Je les trop observés, ces mortels, pour être dupé par une attitude comme la sienne. Ça non plus, il ne l'apprécie pas.

— Vous êtes l'un des leurs !

Il a proféré ces mots d'une voix forte, tel un cri de victoire, de ralliement, même si j'y ai noté de la crainte.

L'attitude de certains s'est modifiée. Ils se mettent en position d'attaque, leurs armes se lèvent, d'autres se rapprochent pour m'encercler le plus discrètement possible. Peine perdue. Je ne leur accorde aucun regard, mais je suis leurs déplacements, leurs positions.

— Vous êtes responsable de ce qui vient d'arriver, fais-je remarquer à leur chef.

Paton sourit. Comment peut-il éprouver de la joie dans une telle situation ? Ce n'est pas la première fois que je m'interroge sur le comportement des mortels : ils sont capables de ressentir du plaisir en anticipant ou en causant la mort d'un autre.

— Quand je pense que nous vous avions sous la main

depuis tout ce temps, continue-t-il. J'imagine déjà la tête que vos...

Un gargouillis remplace bien vite la fin de sa phrase. À nouveau ma lame a plongé dans le cœur d'un être ; celui-ci est un mortel. Paton a la force de lever les bras pour s'accrocher à mes épaules. Il tente d'endiguer la douleur, de s'appuyer à quelque chose pour ne pas tomber. Ma main libre bloque sa nuque. Un filet de sang glisse à la commissure de ses lèvres.

— Vous êtes responsable de toutes ces morts qui nous entourent.

Il lève les yeux vers moi qui reprends placidement :

— Vos décisions ont conduit nos ennemis de nous retrouver. Vous avez failli et il est juste que vous en subissiez également les conséquences.

Je le relâche sans lui accorder la même attention que j'ai eue envers l'ange. Paton chute en arrière et s'écrase durement sur le sol boueux. Je n'attends pas que les autres agissent. J'enjambe le corps de celui que je viens de condamner pour ses méfaits et m'éloigne rapidement du cercle.

10

L'EMPRESSEMENT

Je pénètre sous la tente et jette sur la couche le t-shirt que je viens de retirer tout en marchant. Le jean suit. Je dois éviter de porter des vêtements entachés du sang des anges et de l'homme que je viens de tuer ; cela ne peut qu'attirer le courroux de ceux que je m'apprête à quitter, et la suspicion des gens que je croiserai sur la route. Ma décision est prise : je vais quitter au plus vite ce campement. Je m'applique à fourrer le peu d'affaires que je possède dans le sac en toile vert. Je récupère également les conserves de nourriture que j'ai stockées dans l'éventualité d'un départ. Une autre personne entre sous la tente. Je reste détendu, j'ai reconnu sa démarche et son odeur bien avant qu'il n'arrive. Sans me retourner, je m'adresse à Matt :

— Il est temps de partir. Fais ton sac.

— Je savais que tu étais… différent, mais là…

— Pas maintenant, Matt. Il nous faut quitter ce lieu aussi vite que possible. Presse-toi, je te prie.

Je soupire et me retourne alors qu'il reste là sans bouger. Je l'observe et tente de deviner ce qu'il ressent. Je ne lui ai jamais révélé ce que j'étais vraiment, mon passé depuis notre rencontre. C'était une erreur de me mêler à ce groupe de mortels. J'aurais dû laisser le garçon dès que nous étions tombés sur eux. Je serre les poings, tente de réfréner ce sentiment de colère qui décidément est celui auquel je suis le plus sujet. Même à cet instant, je me dis que la meilleure solution serait que je parte. Seul. Et pourtant, je n'arrive pas à le laisser derrière moi.

— Es-tu un ange ?

C'est la question que je redoutais de la part du garçon que j'ai pris sous ma protection. Comment puis-je ne serait-ce que redouter que quelqu'un découvre celui que j'étais ? Quel sentiment dois-je éprouver d'avoir été un ange ? De la fierté ? De la honte ?

Matt a vu, tout comme une grande partie des gens de ce camp, ce que je suis capable de faire. Mais à la différence d'eux, je réalise que son avis compte, que son jugement ne m'indiffère pas, bien au contraire. Il est logique qu'il me pose cette question. J'hésite encore à me confier. Eu égard à ce que nous avons vécu ensemble, je décide finalement de lui répondre :

— Je ne le suis plus.

— Mais tu l'as été ? relève Matt en s'avançant vers moi.

Il ne semble pas effrayé. Pourtant, il le devrait.

— Oui.

— Comment ? me demande-t-il après un moment dans lequel je le sens partagé entre ce qu'il ressent pour moi et ce que je lui inspire maintenant qu'il sait ce que je suis.

— J'ai été déchu.

Comme à chaque fois que je repense à cela, mes mains se portent à mes poignets marqués par l'archange Mickaël, preuve de ma nouvelle condition. Matt suit mon geste, je me reprends. Je me retourne et ferme le sac avant de le jeter sur l'une de mes épaules. Je me rends compte que le garçon ne m'a pas quitté du regard. Il reste silencieux. Je sais bien qu'il tente d'assimiler les informations que je viens de lui confier, mais je n'ai pas de temps pour ça. Je lui offre alors un choix :

— Souhaites-tu partir ou rester ?

Un pincement au cœur. C'est un fait, je suis subitement inquiet de la réponse qu'il s'apprête à me donner. Je prends réellement conscience de la relation qui nous unit. Durant de longs mois, ce qui m'a donné un but pour continuer à vivre, à aller de l'avant, ça a été de trouver Lena, enlevée par des hommes après notre séparation sur ce pont. Je suis alors revenu à moi après avoir suffoqué, de l'eau dans les poumons. Malgré les blessures qui étaient en train de se résorber et la douleur amplifiée par l'eau salée sur mes plaies à vif, je me suis débattu pour remonter à la surface. Je peux encore entendre les appels désespérés de Lena criant mon nom sans pouvoir y répondre. Ce souvenir-là est celui dans lequel je me suis le plus plongé. Encore et encore, j'ai tenté de savoir comment j'aurais pu faire pour la rejoindre à temps avant qu'elle ne me soit enlevée. J'ai revu la scène non à la surface de l'océan, mais sur ce pont élevé à plusieurs mètres de hauteur de là où j'étais. Ce genre de vision a ses limites, et je n'ai pas pu savoir quelle direction le convoi a prise. Il a fallu que je me rende à l'évidence que je ne la reverrais jamais. Puis Matt est arrivé. Il a remplacé la présence de Lena à mes côtés, il est devenu celui qu'il me faut désormais protéger.

Le garçon ne me regarde plus comme celui sur lequel il a pu toujours compter. Je suis devenu un étranger. Finalement, je ne sais rien sur lui non plus ; il n'évoque que très rarement son passé. Par les temps qui courent, les gens prennent l'habitude de ne plus parler d'eux, car ils savent ce par quoi ils sont passés, comment ils ont pu survivre. Je n'ai pas envie qu'il me rejette. Je voudrais qu'il cesse de me regarder ainsi :

— Je suis toujours le même.

Cela me semble tellement puéril, comme sentiment ! Pourtant j'ai tout perdu dans cette guerre, je n'ai plus rien à quoi me raccrocher. Plus que tout, je ne veux pas me retrouver seul à nouveau, pas si je peux l'éviter.

— Hum… J'ai toujours pensé que tu étais un militaire, et même plutôt bon à la façon de te battre, qui s'est tiré après que ton armée, enfin que l'armée canadienne s'est faite écrasée ou que sais-je.

— C'est toi qui as supposé que j'étais canadien.

— Okay, mais tu ne l'as jamais nié, que je sache ! s'énerve-t-il en glissant ses mains sous ses aisselles comme à chaque fois qu'il tente de se maîtriser.

— En effet.

— T'es de quel côté alors ? Faut que je sache…

— Sors !

Mon ordre le fait tiquer. Il fronce les sourcils, mais ne bouge pas pour autant. Il se remet bien vite de sa surprise et reprend :

— Quoi ? Ça veut dire que…

Il s'arrête au moment où je passe à côté de lui. Une fois dehors, je l'entends me suivre. Connaissant Matt, il vaut mieux que je prenne les devants et que j'établisse une distance de sécurité entre lui et moi alors qu'un groupe s'approche de notre tente. Je l'avertis :

— Reste en arrière.

— Mais bien sûr ! dit-il en sortant.

Je sens mon bâton contre mon flanc, dans la poche intérieure de ma veste. Je fixe l'attroupement des hommes et femmes, et fronce les sourcils en constatant qu'ils sont menés par Doc. Que fait-il là au lieu de porter secours aux nombreux blessés qui doivent joncher le sol du camp ? Je peux entendre les râles de souffrance pour les uns, l'agonie pour d'autres tout autour de nous, et ce, depuis le début des hostilités.

Avant même que l'un des hommes ne tente quoi que ce soit à mon encontre ou celle de Matt derrière moi, j'interviens d'une voix suffisamment forte et claire pour être entendu d'un grand nombre :

— Matt est un humain et il ne savait pas ce que j'étais. Vous n'avez rien à lui reprocher. Quant à moi, je quitte le camp.

— Je pars avec toi.

Le ton du garçon est déterminé. Je ne me retourne pas pour pouvoir le regarder, ne tente pas de le convaincre de n'en rien faire. J'accepte qui décide de me suivre. Je suis également soulagé qu'il le fasse. Mais Meyer voit les choses d'un autre œil :

— Nous te demandons de rester.

Je fronce les sourcils ; je ne comprends pas. Mon regard survole le groupe derrière lui. Tous se serrent les uns contre les autres et donnent une certaine unité à l'ensemble. Les humains me surprennent à nouveau. Leurs comportements sont si changeants ! Cela ne fait que trois ans que je suis sur Terre, et même s'il est vrai que je ne me suis pas totalement fait à leur quotidien, à leur capacité de ressentir des émotions, il m'arrive de penser que je vis pour la première fois. Ce temps sur Terre ne représente qu'une infime partie de mon existence vécue jusque-là, et pourtant il a été si riche en événements, en leçons...

— Vous savez ce dont je suis capable et... vous me demandez de rester ?

— Oui, répond le médecin.

Mais certains, dans la foule, semblent d'un avis contraire. Le risque est trop grand. La prudence me dicte de partir. J'interviens :

— Il semble évident que vous n'êtes pas d'accord. Je vais partir pour éviter tout problème, pour moi comme pour vous.

— Écoute, j'en ai vu dans ma vie, et dans mon métier on sait de suite de quoi un homme est fait, enchaîne Meyer. Te concernant, je sais que je peux te faire confiance. Tu n'es pas comme tes… semblables.

— C'est parce qu'il ne l'est pas ! Enfin il ne l'est plus.

Je jette spontanément un regard lourd de reproches à Matt, qui s'est avancé sur ma gauche.

— Désolé, lance-t-il en guise d'excuses en soulevant négligemment les épaules.

Il s'est bien rendu compte qu'il vient de répéter le secret que je lui ai confié.

— Comment est-ce possible ? reprend le docteur. Tu étais un ange et tu ne l'es plus ?

— C'est qu'il a été…

— Matt !

Mon regard courroucé et mon ton tranchant arrêtent juste à temps le garçon. Mon attention se fixe à nouveau sur le groupe. Je m'en veux d'avoir été si facilement distrait face au danger que représentent ces gens. Ce n'est pas nouveau. Je m'en suis toujours méfié, car je ne peux faire confiance à personne. Pourtant, je me dis que j'ai permis à Matt de demeurer auprès de moi, de dormir alors qu'il était à mes côtés. Je viens même de lui confier des informations capitales. Et à voir ce qu'il en a fait, je me demande si c'était judicieux, finalement.

— Écoute, reprend Meyer en attirant à nouveau l'attention de tous sur lui. Pour ma part, j'ai bien vu que tu nous as protégés, et je ne doute pas que sans ton intervention, c'est un grand nombre des nôtres, voire tous, qui auraient été tués. Okay, je ne dis pas que ce n'est pas important que tu aies été… un ange. Mais bon. Tu les as combattus, et j'imagine que ça doit être plus difficile pour toi que n'importe lequel d'entre nous.

— Il a aussi tué Paton !

Je reconnais l'un des bras droits du chef que je viens de tuer. Je le regarde tout aussi froidement que lui me fixe avec une haine qu'il ne cherche pas à dissimuler.

— Il est vrai que nous avons pour habitude d'agir autrement, reprend Meyer.

— Sa vanité aurait coûté la vie à chacun d'entre vous.

Je ne suis pas sûr de la raison qui m'a poussé à confier cela. Est-ce pour justifier la raison pour laquelle je l'ai tué ? Une chose est certaine : si vraiment je me souciais du devenir de ces gens, je les aurais prévenus bien plus tôt ! Mais je n'en ai rien fait. Là encore, je m'interroge sur le pourquoi, ce que je n'apprécie vraiment pas : toujours à vouloir trouver des justifications à ces actes alors qu'avant j'agissais en laissant à d'autres la responsabilité de ce que je faisais. L'incertitude de faire bien ou non. Ça aussi, c'est difficile de s'y faire.

11
LA SUSPICION

— J'imagine que tu as voulu agir pour le bien de tous en le tuant, mais il était l'un des nôtres, Cal, me dit alors le médecin.

— Vous auriez dû le destituer de son autorité.

C'est l'évidence même. Cet homme est responsable de l'attaque que nous venons de subir. Pourquoi ne le voient-ils pas ? D'ailleurs, il est étonnant que nous n'en ayons subi une que maintenant. Meyer hoche la tête, il en a conscience. Il le sait, et pourtant il n'a rien fait pour protéger celles et ceux dont la sécurité compte beaucoup pour lui, de cela j'en suis certain. Je l'ai longtemps observé, et je sais également qu'il est le vrai chef de cette bande, même s'il a toujours refusé jusqu'ici de s'assumer en tant que tel. Les gens le respectent. Certes, ils y ont obéi jusqu'ici à Paton, mais c'est à lui qu'ils se réfèrent dès qu'il y a un problème. Il n'est pourtant pas le plus vieux de la bande. En réalité, j'ai compris que le respect qui était autrefois accordé aux anciens n'est plus vraiment appliqué. Meyer me fixe. Il ne s'étonne pas, ne cherche même pas à contrer ce que je viens d'affirmer avec aplomb. Il a parfaitement conscience de l'autorité dont il jouit parmi ses semblables. De plus, il semble préférer agir dans l'ombre. J'ai pu constater que c'est plus efficace, en effet, même s'il lui arrive de s'imposer. Je pense au jour de notre rencontre, quand il m'a invité à les rejoindre, ou encore à cet instant où il tente de me convaincre de rester.

— Pourquoi l'avoir tué ?

La question qu'il me pose est certainement celle que tous autour de lui doivent se poser. Cela leur suffira-t-il si je fournis une raison pour justifier le décès d'un homme abattu devant leurs yeux ?

— J'ai trouvé juste qu'il ait le même sort que d'autres ont subi par sa faute. Il s'est autoproclamé chef, il devait faire face aux responsabilités qui en découlent.

Je ne sais si mon explication peut être comprise de ces gens. Ils me semblent si… primitifs, par moments.

— En clair, un responsable est censé subir ce que ses hommes expérimentent.

Il a compris. Je hoche la tête. Cette conversation m'intéresse.

— C'est ainsi qu'agissent les anges, c'est ainsi que j'ai été formé. À la différence des mortels, ceux qui mènent la bataille ne sont jamais en retrait. Ils se mettent en danger, se mêlent aux leurs. C'est l'une des différences entre eux et vous.

— Eux ? relève une jeune femme sur la gauche. Vous ne vous considérez pas comme un ange alors ?

— Je ne suis pas un ange.

J'ai affirmé cela d'une voix qui laisse s'exprimer les émotions que je ne maîtrise pas. Je serre les poings. La colère s'ajoute à toutes les autres. Pourtant, le ton avec lequel je viens de dire cela semble donner de la crédibilité à ma réponse, qui finalement suffit à cette femme et à d'autres. Ce n'est pas le cas pour l'homme trapu sur la gauche, qui précise :

— Il a dit également « vous », donc il n'est pas l'un des nôtres !

— Pas un ange, pas un homme, intervient alors le docteur sur un ton posé. Pourtant, tu as pris parti pour notre camp, Cal. Tu nous l'as prouvé.

Je garde le silence. Je n'ai rien à affirmer ou infirmer. Il faudrait que je les laisse là, et pourtant je ne bouge pas. Je continue de leur parler, même si la logique voudrait que je m'éloigne du danger que représentent ces gens à présent qu'ils savent qui je suis, ou tout du moins qu'ils ont la certitude que je ne suis pas un mortel, un des leurs.

— Écoute, Cal, reprend Meyer en faisant un pas dans ma direction que tout le monde se refusait à faire jusqu'à présent. Je ne te dis pas que ça sera simple pour toi, maintenant que… nous avons vu de quoi tu es capable. Mais justement. Il nous faut survivre et, jusqu'à présent, les gens en qui nous avions placé notre confiance n'ont pas mené leur mission à bien, et c'est un euphémisme...

Le regard de l'homme âgé survole la route sur laquelle nous nous trouvons. Ceux qui ont été touchés ont pour la plupart perdu la vie. Une poignée de mortels se battent pour survivre, assistés par d'autres. Je lui rends son regard, réalisant seulement à ce moment qu'au lieu de venir en aide à ces gens, il continue de parler avec moi. C'est pour le moins inhabituel, alors que jusqu'ici il a fait preuve d'un dévouement envers les autres de chaque instant, quitte à être réveillé en pleine nuit pour des maux sans gravité.

— Nous avons besoin de toi.

Sa demande me fait comprendre que sa mission reste inchangée : protéger ses semblables, et en voulant que je reste avec eux. Il est aisé de comprendre l'atout certain que je représente, surtout après ce que je viens d'accomplir face à l'attaque que nous venons de subir. À nouveau, Meyer prouve son intelligence et son pragmatisme en me demandant de rester.

— Pour être le chef ? s'élève la voix étonnée de Matt.

— Non, petit, lui répond Meyer en lui accordant un sourire.

Son regard revient sur moi. Il ajoute bien inutilement :

— Tu es un guerrier. Tu peux nous protéger.

J'hésite... je réfléchis... Encore un choix qui s'offre à moi. Non. Il faut que Matt et moi partions. Nous aurons une meilleure chance de survie en nous déplaçant tous les deux seuls. Le doc s'avance jusqu'à s'arrêter juste devant moi. Il approche son visage du mien et, dans un murmure, me dit : « Je suis comme toi. »

Le sens de ses mots et la langue qu'il vient d'utiliser provoquent quelque chose d'inattendu dans mon corps. Une forme de courant électrique qui me parcourt de haut en bas. Si j'essaie de l'analyser, cette réaction est censée m'indiquer le haut niveau de surprise qui m'affecte. Plus que cela. D'autres réactions physiques : mon souffle se coupe, mon cœur se met à battre furieusement. Mon regard dévie vers les autres qui se trouvent derrière cet homme... qui se révèle ne pas en être un.

— Cal !

Matt a répété mon nom à deux reprises avant que je sois capable de réagir. Je cligne des yeux. Je tente de reprendre le contrôle sur mon corps, mes émotions, de revenir à la réalité. Déferlent dans ma tête plusieurs questions : est-il un autre déchu ? Comment cela se peut-il ? Comment ne l'ai-je pas remarqué ? Et tellement d'autres interrogations... Alors que je m'apprête à l'interroger, je me retiens. Il est évident que ce n'est pas le bon moment pour avoir une discussion avec celui qui se dit comme moi. L'intervention de Matt qui s'est rapproché m'offre une distraction bienvenue :

— On fait quoi ?

Ou peut-être pas. Avec sa question revient l'indécision à laquelle je faisais face avant la révélation de Meyer. Son regard ne me quitte pas. Un autre me fixe : Matt. Il attend ma décision. Je sais qu'il me suivra si je décide que nous devons partir. Je reste prostré. C'est la première fois que je rencontre un déchu, un être comme moi. Je réponds sans réfléchir :

— On reste.

À nouveau, le doute m'étreint. Est-ce la bonne décision ?

Un regard sur ces mortels autour de moi me fait hésiter. Ai-je fait le bon choix ? Eux aussi représentent une menace pour moi maintenant qu'ils savent qui je suis.

« *Ils l'ont toujours été.* »

Je serre les poings, prêt à me battre. Meyer attire à

nouveau mon attention sur lui en disant :

— Tu as pris la bonne décision.

Il hoche la tête, visiblement satisfait. Ce qui me calme, c'est de le voir si sûr du choix que je viens de faire. J'ai terriblement envie de lui poser des questions, mais nous ne sommes pas seuls. Il souhaite évidemment tenir secrète sa vraie nature, quelle qu'elle soit, et je ne peux que lui donner raison. Moi, je n'ai pas su rester discret en intervenant de manière irréfléchie. Mais avais-je eu le choix ?

« Oui, je l'ai eu. »

J'aurais pu en effet me détourner, ne pas intervenir. Lui ne s'est pas battu avec les anges. Il n'en a tué aucun. Il n'a pas révélé sa vraie nature. Mais quelle est-elle vraiment ? « Je suis comme toi », m'a-t-il certifié. L'est-il vraiment ? Il ne peut évidemment pas être un ange, vu son manque de grâce et son enveloppe charnelle vieillie. Il ne peut être également pas être un humain, car il ne connaîtrait pas la langue sacrée. Je me rends compte que je me frotte nerveusement mes propres poignets, ces preuves visibles de ma propre déchéance. Lui n'en porte aucune. Comment cela se peut-il ? J'ai pris pour habitude de vérifier la présence de ces brûlures chez toute personne que je rencontre.

Il est hors de question que j'accepte la compagnie d'un

déchu. Des parias ! Des traîtres ! Ces mots sont les premiers qui martèlent encore ma tête lorsque je pense à eux, à nous. Mais alors je me souviens de ce que j'ai fait, de ce qui m'a conduit à cette situation. Finalement, j'éprouve une certaine indulgence vis-à-vis de moi-même, et ça, c'est une faiblesse ! Pourtant, je n'arrive pas à résister. J'ai mal agi, j'ai mérité mon châtiment. J'en ai conscience. En même temps, je sais également je n'ai fait que suivre les ordres. Je n'ai fait que protéger Lena, qui était prédestinée à devenir l'une des nôtres. Il faut que j'arrête de penser que je suis encore un ange.

— J'arrive ! lance Meyer avant de tourner les talons.

Les mortels réclament son aide. Ils s'écartent, l'acceptent parmi eux. Ils pensent naïvement qu'il est l'un des leurs. Je reste planté, à l'observer lancer des ordres pour qu'on transporte les blessés sous sa tente. Pourquoi maintenant ? Pourquoi me révéler qui il est ? Simplement pour m'inciter à rester ?

— C'est vrai ?

Matt est devant moi.

— On reste ?

Pourquoi est-ce qu'il me pose cette question alors que je viens de le lui affirmer ? Les mortels et ce besoin qu'on leur répète les choses ! Je hoche la tête avant de l'attraper par le bras pour le forcer à se mettre derrière moi. Le geste est trop brutal. J'entends le couinement qu'il émet à cause de la surprise et de la douleur. Je jauge celui qui vient de faire un pas vers nous. La vingtaine. En bonne forme physique. Le haut du corps musclé mais pas le bas : une faiblesse. Il s'arrête, hésite. Un autre point que je pourrais utiliser contre lui. D'autres nous observent. Ils attendent, retiennent leur geste. Ils doutent. Je les regarde, menaçant, avant de réaliser que cela pourrait les inciter à attaquer. Trouver un équilibre entre paraître dangereux, pour les tenir en respect, et être rassurant pour les inciter à penser que je ne suis pas leur ennemi. Je ne sais pas si j'y parviens. En tout cas, ils ne bougent pas.

— Pourquoi vous avez attaqué ? demande alors le jeune mortel qui s'est avancé.

Je fronce les sourcils, je comprends. Dois-je lui répondre ? Mon silence les met mal à l'aise. Je réponds :

— Nous en avons reçu l'ordre.

— De Dieu ? lance une femme.

Je tente de faire le tri de ce que j'ai perçu dans sa voix et de la posture qu'elle adopte, ce que reflète son visage, ses yeux verts : surprise, consternation, résignation... Vient l'impatience qui me force à arrêter là mon examen pour évaluer ceux qui me font face, le risque qu'ils représentent. Les mortels sont empressés.

— L'archange Michaël.

Suite à mes mots, ils se mettent alors à parler en même temps, s'interrogeant sur les motifs qui ont conduit le chef des anges à prendre cette décision, sur le fait qu'il leur a menti quand il a affirmé lors de sa seule représentation publique que nous n'étions pas venus à leur rencontre pour les exterminer. Comme eux, j'avais vu un Michaël s'exprimer devant l'assemblée de mortels alors censés représenter l'humanité. Ces quelques minutes étaient repassées en boucle sur leurs écrans, et ce, durant des mois. Je n'avais eu jusqu'ici l'occasion de me retrouver en sa présence qu'à quatre reprises au cours de ma longue existence. Pouvoir ainsi l'observer à nouveau, l'entendre à travers ces écrans de diverses formes et sur les ondes radio m'aurait provoqué bien des émotions si à l'époque j'avais été capable de les ressentir.

Les mortels parlent entre eux ; ils ne se soucient plus de moi. J'en profite pour me détourner d'eux puis m'en retourne sous la tente. Au lieu de me rejoindre, Matt se poste devant l'entrée pour monter la garde. Je l'entends tripoter nerveusement le manche du fusil qu'il a ramassé pendant la bataille. Il est prudent et il veille ; je peux compter sur lui. C'est une des raisons pour lesquelles je l'apprécie. Il m'accorde un peu d'intimité, mais rapidement je ressors. Je n'aime pas cette solitude, car elle me fait réfléchir sur ce qui vient de se passer, sur les décisions que j'ai prises. Je préfère être dehors, à m'activer. J'aperçois un groupe qui s'est formé. Je les rejoins. Il y a au milieu une voiture retournée. Deux d'entre les hommes sont accroupis au sol et parlent à une personne se trouvant à l'intérieur. Un homme est bloqué dedans. Comment s'est-il retrouvé dans cette posture ? Sans attendre, je me faufile sur la banquette arrière, là où se trouve le blessé, et il me faut quelques secondes pour comprendre que sa jambe est coincée par le siège conducteur. D'un geste sec, je décroche le siège de sa base métallique et libère la victime, que d'autres se chargent d'extraire du véhicule. Ils déchirent son jean pour observer sa jambe brisée. Sans autre explication, je m'accroupis auprès de lui et le prends à bras le corps. Je ne tiens pas compte des regards surpris de ceux qui nous entourent ni de celui que je porte, et qui a le même gabarit que moi. D'un pas rapide, je le conduis vers la tente du docteur qui, lui, saura gérer bien mieux que les autres l'état de ce blessé. Il lui suffit d'un coup d'œil pour comprendre de quoi il souffre.

— Allonge-le sur le sol. Je me charge de lui dès que je peux.

En plus de celle que je viens d'emmener, cinq personnes se trouvent là, dont une fillette qui reçoit les premiers secours d'une sérieuse blessure à l'abdomen. Pendant que je m'exécute, il reprend :

— Amène-moi tous les blessés que tu peux trouver...
enfin, ceux qui peuvent être transportés.

Je hoche la tête et m'éloigne. Il sait, bien sûr, que j'ai
une très bonne connaissance en médecine. Dehors,
j'appelle Matt à me rejoindre. Je ne veux pas le perdre de
vue, mais l'avoir à mes côtés. Nous trouvons deux autres
personnes, les dernières qui peuvent être sauvées, et une
autre qui se meurt. Sur les 201 individus que comptait
notre groupe, quarante-trois ont perdu la vie, et huit sont
blessés. Même si maintenant les survivants savent qui je
suis, aucun ne tente quoi que ce soit vis-à-vis de moi. Ils
sont bien trop occupés à gérer les conséquences de
l'attaque que nous venons de subir ! Je demeure sur mes
gardes, me concentrant particulièrement sur ceux qui me
lancent des regards ouvertement hostiles. Je suis un
guerrier. Je me tiens prêt à me défendre, à tuer si cela
s'avère nécessaire.

12

LA RECONNAISSANCE

Je regarde dormir Matt, allongé sur sa couche. L'épuisement a eu raison de son insomnie. Il faut dire qu'il avait de quoi avoir du mal à trouver le sommeil, entre l'attaque puis l'aide qu'il a apportée ensuite. Ils m'ont écouté, ces gens, tout en sachant que je ne suis pas comme eux. Ils ont suivi mon conseil lorsque je leur ai dit qu'il nous fallait nous éloigner aussi vite que possible de cette route. La peur de voir arriver d'autres anges a été l'argument qui les a vraiment convaincus de nous mettre en route. Et ceci malgré les morts que nous n'avons pas eu le temps d'enterrer et les blessés qu'il nous a fallu transporter. Ai-je fait une erreur en leur révélant que les anges communiquent par voix télépathique et qu'ils ont donc pu alerter leurs semblables de ce qui leur arrivait avant de perdre la vie ? Certains, en tout cas, ont paru surpris. Sans tarder, nous avons repris la route en laissant derrière nous les corps de ceux qui sont tombés ainsi que les véhicules les plus lents. Contre toute attente, aucun ange ne nous a suivis ou tout du moins, s'il l'a fait, il est resté à distance durant les quatre jours qu'a duré notre périple depuis cette attaque. En route, certains on fait le choix de continuer de leur côté. Soixante-quinze. L'effectif des gens dont j'ai la charge à présent de protéger s'élève à quatre-vingt-trois individus, dont quatre blessés.

Matt n'est pas le seul à être exténué. Me parviennent les ronflements des autres qui dorment tout autour de nous. Nous nous sommes arrêtés pour la nuit dans un grand hangar agricole suffisamment vaste pour contenir les onze camping-cars et les sept voitures avec lesquels nous voyageons. Matt et moi nous sommes installés dans un coin du bâtiment à l'écart des autres. Si ces gens m'écoutent, ils passent le reste du temps à m'éviter. C'est mieux ainsi. Je n'apprécie guère leur compagnie de toute façon. Je ne sais pas comment agir avec eux, je sais qu'ils pourraient m'attaquer. Ils en parlent mais n'arrivent pas à se décider. Ils ont besoin de moi, c'est l'argument majeur qui les a retenus jusqu'ici.

Matt se retourne sur sa couche. Dans son sommeil, il prend néanmoins soin de remonter la couverture en laine pour la caler sous son menton comme il a l'habitude de le faire. J'ai consenti à allumer un feu de camp afin qu'il ne souffre pas trop du froid. Les nuits demeurent encore fraîches en ce mois d'avril. Il pourrait dormir dans l'un des véhicules, certains le lui ont proposé, mais il refuse à chaque fois pour rester avec moi. D'un bond, je suis debout. Je fixe celui qui vient d'entrer dans le cercle de lumière. Son regard se pose sur l'arme céleste que je tiens dans ma main droite, puis il souffle :

— Je réussis à te surprendre. Je ne suis pas si rouillé que ça, finalement.

Je ne l'ai entendu qu'au dernier moment. Dans ma paume, je serre plus fort le bâton que je tiens, en colère contre moi-même. Meyer s'accroupit devant le feu et tend les mains comme un homme le ferait en quête de chaleur. Il remarque mon regard sur lui et sourit :

— Oh je n'en ai pas vraiment besoin, mais j'aime ça.

— Aimer quoi ?

— La chaleur, me répond-il. Je suis étonné. Je pensais que c'est toi qui serais venu à moi.

Je ne dis rien, mais n'en pense pas moins. En fait, je suis assez fier d'avoir réussi à tempérer ma curiosité. Cela m'a demandé un certain effort, mais j'ai réussi à surpasser mon envie de le rejoindre pour lui poser toutes ces questions qui tournent en boucle dans ma tête et que je connais par cœur à présent. Je suis plus que jamais sur mes gardes vis-à-vis de ces gens, et en particulier de lui.

Je n'ai pas cessé d'observer le moindre de ses gestes pour déterminer quel type de menace il peut représenter. Et puis cela m'a permis de me préparer à cette discussion. Lui, en tout cas, a eu de longues semaines pour m'observer, m'analyser alors qu'il savait probablement qui j'étais.

— Allons faire un tour, me propose-t-il tout de go.

Certes, il est plus judicieux d'avoir cet entretien en privé, mais je ne peux m'empêcher de regarder le garçon, de ressentir une certaine inquiétude de le laisser seul.

— Tu tiens à lui, analyse-t-il. C'est cela qui m'a convaincu que tu pouvais te joindre à nous. Je t'ai également observé alors que vous vous trouviez dans ce magasin à épier nos faits et gestes avant que tu ne te décides à t'avancer vers le camp.

Cela me confirme ce que je pensais : il sait ce que je suis, et ce, depuis notre rencontre.

— Je vous suis, dis-je, préférant continuer à le vouvoyer.

Il hoche la tête, sourit puis se met en route. Je lui emboîte le pas, toujours sur le qui-vive et armé. Nous sortons du bâtiment en prenant soin de ne pas être repérés par la dizaine d'hommes autour. Ils sont censés veiller à ce que personne n'entre, mais ils ne peuvent détecter notre présence car nous bougeons plus vite que les hommes. Une fois à l'orée d'un bois, il reprend la parole.

— Je suppose que tu as beaucoup de questions à me poser.

— Pas vraiment.

Il se retourne vers moi, son visage marque la surprise. Puis rapidement, il hoche la tête, sourit.

— Je vois que tu apprends vite. Je t'aurais peut-être cru si tu n'avais pas cessé de me regarder de loin.

— Qui vous dit que ce n'était pas pour vous surveiller ?

— Me surveiller, mais tu étais également impatient d'avoir des explications. Dis-moi que j'ai tort !?

Je ne relève pas, il change de sujet :

— Mickaël t'a déchu récemment, n'est-ce pas ?

Cela ressemble davantage à une affirmation qu'à une question. C'est évidemment Mickaël qui m'a fait subir ce châtiment : il est le seul archange à être sur Terre. Je lui réponds par l'affirmative et attends qu'il me donne lui-même des explications. Je ne veux pas lui poser de questions afin d'en dire le moins possible sur moi-même. Il en sait déjà bien trop sur moi au vu des nombreuses conversations que nous avons eues ces dernières semaines, même s'il est vrai que, même alors, je l'écoutais plus que je ne parlais.

— Je comprends, me dit-il alors en me regardant avec sérieux. Tu es sur tes gardes, même si j'ai pris un grand risque en te révélant que je suis également un déchu comme toi. Mais sache que mon intention n'est pas de te nuire. En fait, je suis content que nous nous soyons trouvés.

Il s'adosse contre un arbre, regarde tout autour de nous. Je continue de le fixer, et tous mes sens restent en alerte sur ce qui pourrait se passer autour de nous. Car je n'exclus pas une embuscade du fait qu'il nous a conduits loin des autres. Il lève lentement les bras, soulève les manches de sa chemise à carreaux. Aucune marque de brûlure ne marque l'épiderme de ses bras.

— J'imagine que ça t'a induit en erreur, de ne pas voir mes poignets marqués par la déchéance que j'ai subie, n'est-ce pas ?

— En effet.

— Pourtant, je les vois comme si elles marquaient encore ma peau. Je les ai observées si souvent qu'elles sont à jamais gravées dans ma mémoire, même si le temps a fini par les effacer. Cela remonte à si longtemps...

Il vient de répondre à l'une de mes interrogations. J'avais pensé à cette raison pour l'absence de brûlure.

— Combien de temps ?

— Des milliers d'années, me renseigne-t-il. Toi aussi, tu finiras par en perdre le compte.

La durée de son châtiment m'interpelle ; cela ne peut me laisser indifférent. Il me fait éprouver ce que je définis comme de la compassion pour ce qu'il a subi, puis une certaine crainte pour ce qui m'attend. Voilà qu'à nouveau je ne peux m'empêcher d'être concerné par ce qui pourrait m'affecter, d'exprimer un intérêt personnel. Quant à sa dernière affirmation... Je ne pense pas être capable de cesser de comptabiliser le temps que je passerai sur Terre. Je me fais un devoir d'en compter chaque jour depuis ma déchéance, voilà de cela 322 jours.

— Tout n'a pas été si sombre, me dit alors Meyer. J'ai eu des moments de joie, m'explique-t-il avant de souffler. Tu dois me trouver bien trop sentimental, n'est-ce pas ?

— Vous êtes capable de sentiments.

— Comme tu l'es à présent.

Une évidence dont nous avons tous les deux pleinement conscience.

— C'est une chose de le savoir, une autre de le vivre, insiste-t-il.

— C'est vrai.

— Tu sais, j'ai fini par apprécier de pouvoir ressentir

des émotions. Il m'arrive même de penser que mon ancienne vie était si morne, si vide de sens.

Je fronce les sourcils.

— J'imagine que sur ce point, tu es loin d'être d'accord...

C'est tout le contraire. J'éprouve la même chose, mais déjà il continue :

— Pourtant, crois-moi, il y a du bon de vivre des émotions...

— Du mal, aussi.

— C'est vrai. Du bon et du mal dans chaque émotion, dans chaque être...

— Pas chez les anges, le contredis-je.

— Crois-tu ?

Je fronce davantage les sourcils, tentant de comprendre ce qu'il insinue, ou plutôt rejetant ce qu'il me dit. Il se tourne complètement vers moi avant de me demander :

— À présent que tu n'es plus l'un des leurs, comment juges-tu leurs actions ?

Je refuse de répondre à cela ; je redoute la réponse que je pourrais donner. Il me fixe avant de hoche la tête, acceptant mon silence, ce que j'apprécie.

— Que comptes-tu faire à présent ?

Il m'a demandé de rester avec eux, de les aider et j'ai

accepté, alors pourquoi me pose-t-il cette question ?

— Je ne comprends pas.

— Excuse-moi, je ne suis pas suffisamment clair, reprend-il. Je parle de la suite, lorsqu'ils repartiront. Il faut que tu t'y prépares.

— Il faudrait déjà survivre jusqu'à l'Appel.

— Tu t'inquiètes des anges que tu as tués.

Je m'étonne :

— Pas vous ?

— Non.

— Ils ont pu prévenir certains de leurs semblables et...

— Non, répète-t-il, m'insufflant une certaine confusion. Pendant que tu te battais avec eux, j'ai fait en sorte de les rendre inaptes à communiquer entre eux ou avec les autres.

Je dois exprimer une certaine surprise, car il précise :

— D'une certaine manière, je suis également responsable de leur mort en ne leur permettant pas de se battre comme une seule entité, en troublant leurs pensées, d'autant plus que cela nous a permis d'éviter que d'autres nous retrouvent, qu'ils ne *te* retrouvent alors que ceux que tu as affrontés ont deviné ce que tu étais.

Je ne sais que penser de son aveu, mais déjà il reprend :

— Ne sous-estime jamais qui que ce soit, Caliel. Te croire supérieur pourrait te conduire un jour à ta perte. Et puis, errer sur cette Terre a des avantages.

Il laisse s'écouler un silence pesant sans préciser sa pensée.

— Comme quoi ?

— Le temps est le bien le plus précieux. Il est celui qui permet à tout être d'acquérir le savoir. Nos existences se comptent en milliers d'années, Cal. Des milliers d'années d'expériences, de connaissances que sous nos anciennes formes nous n'aurions jamais pu obtenir, que nous n'aurions jamais pu désirer.

Je le regarde, dubitatif. Que penser de ce qu'il vient de dire ? Je ne sais même pas quoi ressentir. Dois-je ressentir quelque chose ? Être capable de pouvoir isoler un ange ou même plusieurs des autres : je ne savais même pas que des déchus étaient capables de cela.

— Si tu restes à mes côtés, je te formerai.

Sa proposition est séduisante. Pourtant, je ne sais pas s'il me faut accepter ou non.

— Pourquoi vous feriez ça ?

— Pourquoi pas ?

Voyant que sa réponse ne me satisfait pas, il se détache de l'arbre sur lequel il était adossé avant de reprendre :

— La transmission de la connaissance. C'est l'une des raisons de vivre des mortels. Il me semble juste d'agir ainsi. Et j'ai envie d'agir ainsi... avec toi.

Il ne semble pas si sûr de ce qu'il vient de dire. Pourtant ça me touche bien plus que tout ce qu'il a pu me dire jusqu'ici. En ce doute, je me reconnais. Dans l'attente de ma réponse, il a cette expression, ce sourire. Est-ce que je vais moi aussi réussir à sourire en permanence comme lui ? Dans toute mon existence, j'ai dû sourire à deux reprises... à chaque fois avec Lena. Plus qu'un autre être, elle est celle qui a fait naître chez moi le plus d'émotions. Mes premières. Je me surprends à vouloir en ressentir à nouveau certaines d'entre elles. Une autre personne réussira-t-elle à provoquer cela chez moi ? Des milliers d'années de vie, vient-il de dire. Oui. Logiquement, je ressentirai à nouveau ces émotions-là, et même de nouvelles. Il est tout aussi logique d'accepter sa proposition, chaque être a besoin d'un guide pour le former. J'ai eu Lena. À présent, j'ai ce déchu. Sans le quitter des yeux, je range l'arme céleste dans la poche intérieure de ma veste. Elle tinte contre celle qui s'y trouve déjà. Puis, me redressant, je lui fais part de ma décision :

— J'accepte votre proposition.

13
L'ÉGOÏSME

<u>18 jours plus tard...</u>

Ils sont là. Je me faufile entre les voitures abandonnées sur cette autoroute pour m'approcher furtivement d'eux. Ils sont suffisamment malins pour ne pas s'être fait repérer par nos éclaireurs. En outre, ils ont privilégié une position dominante par rapport à notre convoi à l'arrêt en s'aventurant sur cette bretelle qui surplombe la nôtre. À demi accroupi, je change à nouveau de place en me glissant derrière une berline grise. Je les vois. Ils sont là, alignés devant la rambarde en train de scruter les moindres faits et gestes de ceux que j'ai décidé de protéger. Ce n'est pas la première fois que j'ai affaire à ces « bandes de charognards », comme les appelle Meyer. Par manque de vivres, d'essence, de tout, des bandes armées se sont organisées et s'attaquent à tous ceux qu'ils trouvent pour s'approprier leurs biens, quitte à les tuer dans la plus totale indifférence. La taille de notre groupe est suffisamment conséquente pour avoir dissuadé ceux que nous avons rencontrés jusqu'à maintenant... mais avec eux, c'est différent.

Ils se préparent à attaquer.

J'agis en premier. D'un bond, je saute par-dessus le capot de la voiture tout en transformant dans mes deux mains mes bâtons en épées. Deux d'entre eux perçoivent mon arrivée ; ils n'ont pas le temps de se retourner que le combat commence – ou tout du moins la tuerie. De mes lames, je fauche autant les canons des fusils que les hommes qui les tiennent. Pas un seul coup de feu n'est tiré, et la confrontation se termine avec le dernier homme qui s'écroule sur le bitume. Il me faut un moment avant de me rendre compte qu'au lieu de m'éloigner je fixe les corps gisant dans une mare de sang. Cela me rend perplexe : ma réaction n'est pas naturelle. C'est la première fois que je m'attarde pour observer ceux que j'ai tués. Une erreur : je réalise bien trop tard que l'un d'eux est encore en vie. Par-dessus les battements sourds de son cœur et le sifflement d'une respiration difficile me parvient le raclement de ses doigts sur le bitume. Je m'avance vers celui qui est allongé ventre à terre et qui tente d'attraper le pistolet accroché à la ceinture de son copain de fortune sur sa droite. Son geste reste suspendu au moment où il s'aperçoit que je me dirige dans sa direction. Huit enjambées et je suis sur lui. J'élève mon bras armé, transperce de ma lame son dos, en prenant soin de l'atteindre en plein cœur. Un râle s'échappe de ses lèvres rougies en même temps que je rencontre ses yeux tournés vers moi. Ce n'est pas un homme, mais une femme dont je viens d'abréger la vie. Avec ses vêtements amples et masculins, je n'ai pas su faire la différence. Mais cela fait-il seulement une différence ?

Son regard s'éteint, sa lumière délaisse son enveloppe mortelle. Elle aussi, je la regarde quelques secondes, c'est plus fort que moi. Je sens une personne s'approcher ; une personne qui n'est pas comme tout le monde. Je me tourne à demi. À la différence de moi, Meyer ne tente nullement de masquer son approche. Il s'avance d'une démarche souple contredisant son apparence. Il me regarde, mais bien vite son attention se porte sur la femme à mes pieds. Une fois à mes côtés, il observe, puis au bout d'un long moment ouvre la bouche :

— C'est fascinant, n'est-ce pas ?

Une justification pour ce que j'ai fait est bien inutile. Il sait pourquoi j'ai agi.

— La mort, ajoute-t-il.

Cela fait deux mois que je suis au courant de sa vraie

nature. Lors de nos précédentes discussions, il a pris l'habitude de ne pas attendre que je l'interroge. S'il semble si doué pour devancer mes questions, c'est probablement parce qu'il se les est lui-même posées. Je vis ce qu'il a expérimenté par le passé. Vivre. Ce terme a pris un tout nouveau sens pour moi. En tant qu'ange, je ne vivais pas vraiment. Comme Meyer, je me remets à fixer le corps de cette mortelle.

— Je n'ai pas compris alors ce qu'était, ou devrais-je dire ce qu'est, cette fascination que j'ai pour la mort.

Face à son aveu, ma seule réaction est un froncement de sourcils. J'aurais préféré n'avoir aucune réaction.

— J'ai tué un nombre incalculable de fois, reprend-il, ne serait-ce que pour pouvoir observer, étudier la mort.

Je ne comprends pas immédiatement ce qu'il m'explique. J'essaie de comprendre : serait-ce pour cette raison que je les ai tués ? Non. J'ai agi par nécessité.

— Les conséquences morales de cette fascination, continue Meyer, ne se sont fait sentir que bien plus tard...

Il ne précise pas la durée. En tenant compte des informations que j'ai regroupées sur lui lors de nos premières conversations, j'ai estimé à 1 200 ans le temps qu'il avait déjà passé sur Terre. Le fait qu'il définisse comme « bien plus tard » cette période laisse présager un nombre incalculable d'années.

— J'ai fini par trouver un autre moyen de satisfaire cette attirance : en combattant la mort. C'est la raison pour laquelle je suis devenu guérisseur, médecin... qu'importe le terme utilisé.

Il constate que je le fixe. Alors il me rend mon regard avant d'ajouter :

— Je te l'ai dit, si tu as quelque chose à me dire, une question à me poser, fais-le.

— Je pensais que vous soigniez des gens pour les aider.

— Je ne suis pas aussi charitable que tu le penses, Cal. Que l'on soit mortel ou déchu, aucun de nous n'agit totalement dans l'intérêt de l'autre. Ceux qui pensent ainsi se mentent à eux-mêmes.

Voyant qu'il s'apprête à m'inviter à dire ce que je suis en train de penser, je prends les devants.

— J'ai vu des gens sacrifier leur vie pour d'autres.

— Un noble geste, n'est-ce pas ?

Il penche la tête sur le côté avant d'ajouter :

— Leur geste n'a pas été gratuit, Caliel. Il n'a pas été aussi désintéressé qu'il n'y paraît, mon jeune ami. En agissant ainsi, ils espèrent en tirer une quelconque reconnaissance. Ils veulent que l'on se souvienne d'eux pour leur sacrifice, leur héroïsme...

Il lève les yeux au ciel, l'observe quelques secondes et me regarde à nouveau :

— Ne t'ai-je pas prévenu de te méfier de ce que tu peux voir, Caliel ? De ce que cela t'incite à croire ?

Je me déplace pour contourner les cadavres et me mettre devant la balustrade. Comme eux avant que j'intervienne, je me mets à observer ces gens avec lesquels je voyage depuis plusieurs mois. Ils se déplacent entre les véhicules en file indienne, discutent par deux ou plusieurs ; certains préparent le repas tandis que les enfants sont assis à même le sol autour de l'institutrice pour leur cours journalier. Ils vivent inconscients du danger qui plane en permanence sur eux.

— Est-ce pour les protéger que tu tues ?

Je ne réponds pas à cette question : les raisons quant à mes actions sont encore indéterminées. À la place, je lui fais part de mes réflexions sur lui-même.

— Je me suis trompé sur vous. Je pensais que vous agissiez pour le bien de ces gens.

Il ne me soumet aucun argument contraire, ne tente pas de justifier le fait que sa vocation ne sert qu'à assouvir un besoin personnel. Je viens d'en apprendre un peu plus sur ce déchu auquel j'ai décidé de lier mon existence, tout du moins le temps qu'il me forme à « être »... tout simplement. Il a raison. Comme les autres, j'espère obtenir quelque chose des personnes qui m'entourent. Aucun de nous ne semble capable d'agir de manière totalement désintéressée.

***

— Qu'en penses-tu ?

Je ne tourne pas la tête vers Meyer. Je continue à observer le complexe circulaire se trouvant devant nous. Nous avons garé nos véhicules sur une partie du parking cerclant cette grande bâtisse de métal et béton laissé à l'abandon que nous observons tous deux à présent.

— On ne peut plus rester sur les routes, ajoute-t-il alors que nous nous sommes isolés du reste du groupe derrière nous.

Je hoche la tête. Il nous faut trouver un endroit où nous installer, un lieu pour nous défendre efficacement. En outre, l'épuisement commence à devenir un problème pour les mortels qui nous accompagnent. Les tensions parmi eux commencent à donner lieu à des conflits.

— Je ne comprends pas l'utilité d'une telle structure, fais-je remarquer.

— C'est un stade, un grand fort heureusement suffisamment à l'écart de la ville, que nous avons aperçu hier. Autrefois cela servait de lieu pour les rencontres sportives. En as-tu vu ?

— Oui.

Je me souviens d'hommes en train de courir derrière un ballon dont il existait différentes formes. Hormis quelques variations dans les jeux, l'objectif restait le même. Quant à la configuration de ce lieu où se tenaient ces représentations sportives, il semble identique aux autres stades.

— J'imagine que tu as du mal à comprendre l'intérêt de ces jeux.

Je ne réponds pas à cette question, ma réponse serait évidente.

— Le lieu est défendable, dis-je à la place. La partie supérieure de l'édifice...

— Les gradins.

— ... offre un point de vue élevé, et ce, à 360°. L'espace tout autour est dégagé par la présence de ces parkings. Il y a-t-il plusieurs entrées ?

— Logiquement, oui.

Sa réponse n'est pas satisfaisante. D'un pas décidé, je m'avance vers le complexe pour l'examiner avant de savoir s'il pourrait être le lieu que nous recherchons pour nous installer. La structure se divise en trois parties : un corridor sous-terrain avec quelques pièces constituant la base du bâtiment circulaire, surmonté de plateformes sur trente-deux degrés et d'une large zone herbeuse au centre que nous pourrions cultiver afin de nous constituer une source de nourriture vitale et suffisante pour notre groupe. De plus, comme elle serait au centre de cet édifice, nous pourrions la protéger bien davantage que si elle se trouvait à l'extérieur, ce qui représente un avantage non négligeable. Des toilettes et trois buvettes pourraient également nous fournir une eau tout aussi indispensable, mais ce n'est pas aussi simple : quand j'active les robinets, rien ne vient. Ce n'est pas la première fois que je constate que l'alimentation en eau est coupée. C'est également le cas avec l'électricité, mais cela pose beaucoup moins de problèmes pour cette dernière énergie. Les hommes ont déserté les infrastructures qui leur avaient permis jusqu'ici de profiter d'un cadre de vie plus facile.

— L'idéal serait qu'une nappe phréatique se trouve juste ici.

Meyer accompagne sa remarque d'un doigt pointé sur l'espace vert à nos pieds. La nature a repris ses droits, la pelouse ayant fait place à un tapis végétal bien plus dense qu'autrefois. Le bâtiment lui-même commence à être envahi par les herbes qui grimpent sur les parois en béton. Je lève les yeux sur ce qu'il reste d'une structure métallique, probablement un toit rétractable qui servait apparemment à protéger les spectateurs et joueurs des aléas climatiques.

— Nous pourrions le réparer ? demande-t-il en remarquant l'intérêt que je porte à la structure.

— Non. La terre a besoin d'eau si nous voulons y faire pousser des fruits et légumes, d'autant plus s'il n'existe aucune source souterraine sous le complexe.

— Si c'est le cas, nous pourrions trouver la station qui produit l'eau dans la zone et la réparer ?

— Une nouvelle supposition, fais-je remarquer. Je préfère compter sur des faits.

Mon affirmation le fait sourire. Je fronce les sourcils : qu'est-ce qui a bien pu le faire réagir ainsi ? Puis je réalise que sans le vouloir j'ai évoqué mes préférences, signes de ma nouvelle nature. C'est déconcertant de constater qu'il n'a aucun souci avec le fait d'être un déchu. Il faut dire qu'il a eu un très long moment pour s'y habituer. Pour ma part, je refuse de m'y habituer. Pourtant, ce serait le choix logique à faire au vu des circonstances ; je ne pourrai jamais plus être celui que j'étais. À nouveau, je suis en colère après moi-même pour avoir de telles pensées. C'est une nouvelle occasion de m'entraîner qui s'offre à moi de les cloisonner à défaut de pouvoir les faire taire tout à fait. J'y parviens... difficilement. Rien que de le penser, c'est un pas en avant. Je serre les poings, détourne mon attention au profit de l'instant présent. À nouveau, je lève les yeux sur le toit.

— Nous pourrions utiliser ces poutres en acier pour une autre utilité.

— Surtout qu'elles pourraient se décrocher et tomber sur certains d'entre nous.

J'acquiesce :

— C'est aussi une possibilité.

— Alors ?

Je baisse les yeux sur le déchu qui me regarde. Il attend mon approbation alors qu'il a bien plus d'expérience que moi. Ce n'est pas la première fois qu'il me demande mon avis. Cela me provoque quelques « sentiments »... plus agréables que d'autres.

— Oui. Ce lieu a du potentiel.

— Il en a plus que cette ferme près du fleuve ou ce centre commercial d'il y a deux jours.

Comme il attend une réaction de ma part, je hoche la tête avant de l'interroger :

— Pourquoi me demander mon avis ? Vous êtes bien plus expérimenté que moi pour savoir si ce lieu conviendrait ou non. J'ai passé si peu de temps sur Terre...

— En effet. Tu as accepté de rester à mes côtés afin

que je puisse te former. Tu as dû comprendre depuis le temps que cet apprentissage ne passe pas par de simples ordres comme tu aurais pu en recevoir par le passé. Il faut que tu puisses apprendre à réfléchir par toi-même pour pouvoir vivre dans ce monde.

Il ne fait que confirmer mes suppositions vis-à-vis de ce que je peux attendre de lui. Il n'a pas été le seul à agir ainsi avec moi : Léna aussi avait attendu de moi que je prenne les décisions. À l'époque, je me raccrochais à ce que j'avais été sans vraiment y parvenir face à tous ces changements qui s'opéraient en moi. Meyer ajoute :

— Sache que je ne serai pas toujours avec toi, mon frère. Il te faut dès à présent compter uniquement sur toi.

— Je comprends.

Là, il me sourit. Son expression est d'après moi censée me réconforter, cette fois-ci. J'ai vu d'autres personnes agir ainsi, et leurs interlocuteurs semblaient aller mieux face à cette mimique que l'on utilise visiblement en de nombreuses occasions. Cela n'a aucun effet sur moi.

— Éprouvez-vous des sentiments pour les mortels ?

Son sourire s'efface immédiatement. Visiblement, je viens de le surprendre avec cette simple question. Il met un certain temps à me répondre.

— J'éprouve bien des sentiments vis-à-vis des hommes.

Sa réponse ne me satisfait pas, je précise ma pensée :

— Les aimez-vous ?

Cette fois-ci, il détourne le regard, ce qui semble indiquer le refus de me répondre, de la gêne ou d'autres émotions que je n'ai pas le temps de déterminer. Il me regarde à nouveau pour me répondre :

— Pour être honnête, non. Je ne les aime pas.

14

LA RECONNAISSANCE

Cette fois-ci, c'est moi qui suis surpris par sa réponse, mais déjà, il reprend :

— J'ai vu tant de civilisations naître, prospérer puis finir par tomber avant de tout à fait disparaître comme si elles n'avaient jamais existé. J'ai été le témoin de leur évolution, de leur histoire. Ah ! leur histoire... Elle ne me semble être qu'une succession de guerres plus ou moins importantes. Les hommes sont capables d'accomplir de terribles choses, des atrocités. Je ne dis pas que les anges sont meilleurs, mais à la différence d'eux, ils ne font pas cela par plaisir.

— Ils sont incapables d'éprouver un quelconque plaisir.

Il me regarde, acquiesce de vive voix :

— C'est juste.

Éprouverions-nous aussi du plaisir à tuer si nous en

étions capables ? Cette question, même en n'étant plus ange, je me la pose encore. D'autant plus que si je dois donner une réponse, elle sera négative. À présent que je suis déchu, lorsque je tue, j'éprouve des sentiments ; j'ai encore des difficultés à les définir. Deviendrai-je mortel ? Cette interrogation-là, je me la suis déjà posée 152 fois. 153 fois, avec celle-là. Finirai-je par avoir une nature aussi belliqueuse que destructrice ? Je touche du doigt ce qui a conduit les puissances à faire chuter la force armée céleste dans le but de rétablir l'ordre chez les mortels et l'équilibre sur ce monde.

— Je ne dis pas que je les hais pour autant, reprend Meyer, inconscient de mes états d'âme. Au cours de mon exil forcé auprès d'eux, j'ai appris à apprécier certains de leurs comportements et de leurs réalisations. J'aime par exemple leur musique... enfin, certaines d'entre elles. J'apprécie également la sculpture, comment ils arrivent à reproduire des corps humains en taillant dans la pierre. Si j'en fixe une, j'ai la sensation d'être transporté chez nous et d'avoir le grand honneur d'observer un être céleste.

Il cesse de parler, fixe de ses yeux bleus un point devant lui. Il reste ainsi sans bouger de longues secondes, revivant certainement cette étrange expérience qu'il vient d'évoquer. Brusquement, j'ai cette envie en moi qui surgit de pouvoir me transporter également au Paradis. Mais tout ce que ça m'apporte, c'est de la frustration.

J'évite autant que possible d'être affecté par ce genre d'émotions. Elles nous poussent à vouloir faire quelque chose ou à posséder quelque chose, et cela incite à de mauvaises actions pour les obtenir. Je m'apprête à lui poser une autre question sur sa vie pour en savoir davantage, mais il s'agite :

— Bien, dit-il en se frottant les mains sans raison. Nous allons nous occuper de ce toit avant de nous installer dans notre nouvelle maison.

— Maison ?

Sa main qui se pose sur mon épaule me semble tout aussi incongrue que sa réponse :

— Oui, Cal. Nous allons faire de cet endroit notre maison, notre foyer.

— Je n'ai qu'un seul foyer et celui-ci m'est à jamais inaccessible.

J'ai tourné la tête vers lui en parlant. Son regard reflète une émotion. Et tandis qu'il s'éloigne, je tente d'en déterminer la nature. Je finis par la trouver : c'est de la tristesse. Il a beau dire, lui aussi éprouve ce sentiment de perte qui m'affecte un peu plus chaque jour. Malgré tout ce temps sur Terre, il semble ne jamais s'en être remis. Y réussirai-je un jour ?

Cette fois-ci, lorsque je tourne sur moi-même pour observer ce complexe, je commence à le regarder différemment. Sans en avoir pleinement conscience, je l'imagine comme le lieu qu'il pourrait être. Mon imagination s'emballe et tente d'édifier une version améliorée de cet endroit qui conviendrait à notre groupe, qui me permettrait de m'y sentir mieux. Cette pensée me frappe : comment un simple bâtiment pourrait-il me procurer ce sentiment ? Et si je creuse encore la question, pourquoi voudrais-je éprouver cela ?

***

Deux mois plus tard...

L'été s'est installé. Le soleil vient tout juste de se lever, ce qui explique pourquoi je suis le seul à être assis sur l'un des gradins. Je profite de cette solitude qui ne durera pas malheureusement. En ce bas monde, rien ne dure mais tout recommence. Quelques rayons de lumière percent à travers les nuages denses. Ils se reflètent sur la rosée qui recouvre chaque brin d'herbe, chaque fleur sur le terrain en contrebas. La pelouse qui servait de terrain de jeu d'humains a été divisée en parcelles prêtes à accueillir les graines que nous comptons semer. Pour la grande majorité des légumes et fruits que nous voulons récolter, il nous faudra attendre l'année prochaine, les mois des semis étant passés. Ce n'est pas seulement cette partie de notre nouvelle résidence qui a été modifiée. Nous avons installé un auvent de poutre métallique et de tôles à hauteur du troisième gradin, qui permet aux gens de s'abriter en dessous ou qui sert de lieu de stockage, que ce soit de matériels ou de vivres, que nous collectons grâce à nos expéditions dans les environs. Nous concentrons nos efforts pour trouver des entrepôts qui autrefois fournissaient les centres commerciaux vidés de leur contenu depuis quelques mois. Les pillages à eux seuls ont fait un grand nombre de victimes, les gens se battant entre eux pour obtenir de quoi survivre. Certains groupes ont pris possession de ce type de complexe, protégeant ce qu'il reste de nourriture et délaissant les objets qui autrefois leur paraissaient indispensables comme téléphones, ordinateurs ou télévision. Ce manque de communication affecte profondément les hommes, d'autant plus qu'ils n'en comprennent pas la cause. Cela s'est fait progressivement, mais le silence a fini par s'installer sur tout le pays et au-delà. Parmi nous, certains tentent encore de faire fonctionner l'un de ces objets. Ils voudraient rétablir la connexion avec le reste du monde, sans succès.

« Ils n'y parviendront pas, tout du moins, pas avant que ce soit nécessaire », m'avait soufflé Meyer en s'approchant de moi, adossé contre un mur tandis que j'observais à distance deux hommes. Ils s'acharnaient sur un poste radio sans trouver un canal qui transmettait autre chose qu'un signal indistinct. J'avais hoché la tête, sachant également qu'il avait juste fallu plus de temps cette fois-ci à l'armée céleste pour diviser son ennemi afin de mieux le vaincre. Assis sur cette marche, c'est donc ce silence que j'écoute, et non plus le bourdonnement constant des machines, la cacophonie incessante que produisaient alors les mortels lorsqu'ils se croyaient maîtres de ce monde. Je préfère ce silence. J'aime ce silence. Je le recherche. C'est ce qui m'a poussé à sortir alors que la majorité des 184 personnes qu'abrite ce stade sont sur le point de s'éveiller.

Nous avons également réaménagé une partie de la base du stade. Il est doté à présent d'un réfectoire entourant la plus grande des trois anciennes buvettes qui proposaient alors à la vente, durant les matchs, boissons, hot dogs et autres nourritures. Le lieu se résume à neuf longues tables et des bancs, simple et efficient. Le long du mur cerclant le terrain du stade, des pans de tissus ou de bâches ont été suspendus afin d'offrir une certaine intimité à des couples, des familles ou comme moi à des personnes seules, même si l'espace de Matt jouxte le mien sur ma gauche. C'est ma décision qu'on ait chacun notre « chambre » ; Matt espérait qu'on dorme ensemble. À notre arrivée, il a également tenté de me convaincre d'accepter l'offre de Meyer de nous installer comme lui dans l'une des trois loges, seules pièces se trouvant à l'étage supérieur et qui permettent de profiter d'une vue sur l'extérieur. Il me faut être parmi les gens que je protège, et la proximité que je m'impose m'aide à surmonter les désagréments que cela me procure. Je rencontre des difficultés à faire abstraction de leur présence, d'autant plus qu'à présent ils se parlent à nouveau, ils essaient de se comprendre. Ils savent qu'ils doivent compter l'un sur l'autre pour survivre. Ils apprennent à se connaître, à s'apprécier... ce que je suis encore bien incapable de faire. Et puis ils ont peur de celui que je suis ; au mieux, ils se méfient de ce que je pourrais leur faire.

« Le déchu », c'est ainsi que l'on me nomme, la plupart du temps, lorsque je suis censé ne pas les entendre. Certains m'appellent ainsi ouvertement. Je ne m'en offusque pas pour autant : c'est ce que je suis. Mais Matt n'est pas de cet avis, il corrige systématiquement ceux qui usent de cette expression. « Cal. Il s'appelle Cal », répète-t-il lorsqu'il entend parler les autres ainsi ou lorsqu'on évoque ma nature et ce qu'elle pourrait me pousser à faire. Il leur rappelle que, sans moi, la plupart auraient sans doute péri dans l'une des attaques que nous avons subies sur notre chemin, et pas uniquement celle liée aux anges qui nous ont retrouvés sur cette route de campagne voilà cinq mois de cela.

Nul besoin de le leur dire, ils ont en bien conscience. Ils répondent à mes ordres, car c'est moi et Meyer qui les avons menés depuis cette attaque céleste, c'est nous qui leur avons procuré un endroit relativement sécurisé où vivre. Ils n'ont jamais tenté de me nuire, mais cela ne m'empêche pas de rester sur le qui-vive. Peut-être le feront-ils lorsque, naïvement, ils considéreront qu'ils n'auront plus besoin de gens comme nous, ou lorsqu'ils voudront eux-mêmes devenir ceux qui donnent les ordres. C'est Meyer qui m'a mis en garde sur ce dernier point.

Pour l'instant, en plus d'avoir besoin de nous, ils sont bien trop occupés à travailler à l'amélioration de notre cadre de vie, que ce soit le stade ou la nature autour de nous. La plupart ont oublié ce savoir ancestral que maîtrisaient leurs anciens : construire et sécuriser un habitat, cultiver la terre afin d'obtenir d'elle de quoi subsister… « Nécessité fait loi ! » a rétorqué un jour une femme d'une trentaine d'années à son époux du même âge qui ne voyait pas l'intérêt d'apprendre auprès de Meyer et d'autres comment chasser, pêcher ou savoir quoi cueillir à défaut de travailler la terre au vu de la saison hivernale, s'accrochant à un système de distribution qui avait cessé de fonctionner. Encore aujourd'hui, il s'échine à préparer une expédition pour trouver de quoi nourrir sa famille. Non seulement il risque de se faire attaquer, mais il se pourrait bien qu'il vole lui-même le bien d'autrui : il s'accroche à un mode de vie qu'il a toujours connu. Ils sont encore nombreux à agir ainsi, mais ils finiront par changer. C'est ça ou périr.

Par réflexe, je porte mon regard au loin et m'assure que chaque homme se trouve bien à son poste d'observation sur les hauteurs. Ils font des va-et-vient sur de courtes distances. Plus pour se réchauffer que pour couvrir une zone plus grande d'observation sur ce qui se passe à l'extérieur du stadium ; nous y sommes installés depuis 72 jours. Je dois cesser de compter les jours, c'est ce que m'a conseillé Meyer, mais je n'y arrive pas. 72 jours que nous sommes là, 132 jours depuis que Matt et moi avons rejoint Meyer et ses gens. 194 jours depuis que je ne suis plus seul après ma rencontre avec ce garçon. 381 depuis ma séparation d'avec Lena. Cela me semble si loin et en même temps si proche. Comment puis-je osciller entre ces deux pensées ? Ces deux sensations ?

— Déjà réveillé ?

Je baisse les yeux vers Meyer qui remonte la volée de marches pour me rejoindre.

— Toi aussi.

Il s'arrête, pose le pied droit deux marches au-dessus de lui. Une position instable, inutile. Il continue de m'observer, attend de moi que je dise autre chose. Comme les mortels, il a cette manie de vouloir mettre des mots sur ce qui me semble être indescriptible. Tout en resserrant les pans de mon manteau vert kaki, je regarde à nouveau du côté de nos guetteurs. Lorsque je reporte mon attention sur Meyer, je le vois encore en train de me fixer. Je souffle, puis confie :

— Je n'ai pas réussi à trouver le sommeil, cette fois.

Il hoche la tête, mais ne me répond qu'une fois assis à côté de moi sur la plateforme en béton recouverte d'une fine couche de neige.

— C'est bon signe.

— En quoi ce serait un bon signe ?

Je n'ai pas pu dissimuler mon étonnement, que ce soit dans la modulation de ma voix comme du regard que je lui lance.

— C'est un signe que quelque chose te perturbe. Qu'il te faut faire un travail sur toi pour comprendre ce qui ne va pas.

— Je ne comprends pas.

Combien de fois ai-je dit cela depuis qu'il m'aide ? Plus d'une centaine de fois au moins. Je n'éprouve plus de la honte à confier mon ignorance, car j'obtiens des réponses de sa part, j'appréhende beaucoup mieux le monde qui m'entoure, les gens qui y vivent. Grâce à lui, j'apprends à me connaître, à reprendre le contrôle sur celui que je suis devenu. Il m'explique alors :

— Comment peux-tu savoir que tu es blessé si tu n'éprouves aucune douleur ?

15
LE DÉSABUSEMENT

J'ai beau réfléchir, j'ai des difficultés à comprendre la signification du signal que m'envoie mon propre corps en m'empêchant de trouver le sommeil.

— Il te faut trouver la cause au plus vite sous peine de t'épuiser inutilement, et ainsi commettre des erreurs qu'on ne peut se permettre en ces temps de troubles.

Après de longues minutes d'une intense réflexion qui me conduit à n'éprouver que de la frustration de ne pas parvenir à mon but, je finis par avouer avec une note de colère dans la voix le résultat infructueux de ce qui me maintient éveillé depuis plusieurs nuits :

— Comment est-il possible que j'agisse d'une manière que je ne comprends pas, que je ne désire pas ?

« Désirer. » À lui seul, ce mot résume toute l'étendue de ce mal qui me ronge. Je secoue la tête, rejetant ce mot, ce sentiment, celui que je suis devenu. Puis j'ajoute, piteusement :

— Je voudrais que tout redevienne comme avant.

Avant ma transformation, avant ma venue sur Terre ce fameux jour, avant lorsque j'étais en paix entouré de mes frères et sœurs chez nous. Je n'aurais pas connu Lena, celle avec qui j'ai vu ma vie bouleversée. Elle n'est pas responsable du châtiment qui m'a frappé. J'aurais pu agir autrement pour la protéger. J'aurais pu faire en sorte de ne pas tuer l'un des miens. J'aurais dû sacrifier ma propre existence. Mais alors qui aurait mené la mission que l'on m'avait confiée ? Qui l'aurait protégée ?

Encore aujourd'hui, je ne peux m'empêcher de penser à elle, à ce qu'elle représente pour moi. Je ne veux penser à autre chose. Comment les hommes font-ils pour simplement ne pas sombrer dans la folie quand tout n'est que doutes et violence... violence de ce monde, violence de sentiments... Meyer intervient à nouveau, me sort de ce marasme de questions dans lequel mon esprit se perd plus que de raison :

— Je ne demande qu'à t'aider, Caliel.

Il est le seul à m'appeler par mon vrai nom et uniquement lorsque nous sommes seuls comme à cet instant. Et cela m'est agréable. J'ai l'impression de me retrouver, ne serait-ce qu'un bref moment. Je sais qu'il est sincère dans sa proposition de me venir en aide. Il en sait beaucoup sur moi, plus que n'importe qui vivant avec nous, y compris Matt. Pourtant, je ne lui ai confié que peu d'informations sur mon existence, que ce soit avant ou après ma chute, cet événement qui a irrémédiablement changé ma vie, probablement à jamais. Je sais qu'il a raison. Ces insomnies sont de plus en plus fréquentes et également de plus en plus longues. Cela fait quatre nuits que je ne dors pas ; je me sens faible et ça me met en colère. Je réalise qu'on peut soi-même devenir son pire ennemi. Il m'affaiblit un peu plus chaque jour, il gagne du terrain, mais ça ne peut pas se passer ainsi. Je m'y refuse !

Dois-je pour cela oublier Lena ?

La première réponse qui me vient n'est pas un oui ou un non. La première réponse qui me vient, c'est : « Cela ne servirait à rien. » Je réalise que me concentrer sur elle, croire que ce qui me tient éveillé, que ce qui me perturbe c'est elle est un leurre. Ce n'est pas que je sois devenu insensible à ce qui a pu advenir d'elle, bien au contraire. J'ai découvert que de ne pas savoir, d'être maintenu dans l'ignorance est une souffrance, un supplice. J'ai compris que le fait de penser à elle m'empêche de penser à moi-même, à celui que je suis devenu, m'empêche de déterminer si je pourrais apprécier cette personne, la juger digne d'exister.

Alors, pour la première fois de toute mon existence, je

tente de mettre des mots sur les événements qui ont jalonné ma vie en commençant par ma vie en tant qu'ange. Je la trouve plus noble, mes actes moins condamnables, justifiables par le fait même que je n'en suis pas responsable. Je confie ces multiples batailles que j'ai menées de façon froide, factuelle, concise. Meyer comprend comment je peux évoquer ces faits sans démontrer un quelconque sentiment. Je décris également comment j'ai vu mes frères et sœurs tomber devant moi en exprimant pour la première fois l'horreur, la peine immense que cela aurait dû alors me causer. Il m'est tout aussi douloureux d'avouer comment j'ai tué un nombre incalculable de fois. J'ai guidé des anges au combat en sachant que bon nombre d'entre eux y périraient, que leur âme s'éteindrait à jamais. J'ai plus qu'obéi. J'ai donné des ordres qui ont conduit des milliers des nôtres, des autres à la mort. Et puis, je suis tombé... ce jour-là, sur Miami. Meyer est le seul à entendre que j'ai été choisi pour une mission spéciale, qu'à la différence de mes frères et sœurs, je devais répondre non à l'archange Mickaël, mais à une puissance bien plus importante que lui. J'ose lui confier avoir enfreint la règle sacrée, ce qui m'a conduit à me retrouver face à notre chef, Mickaël :

— Rien de ce que j'aurais pu lui dire n'aurait pu pardonner ce que j'ai fait.

— Et celui qui t'a donné cet ordre aurait dû intervenir.

Il aurait dû prendre ses responsabilités.

Je ne suis pas d'accord avec lui et le lui fais savoir. Il me fixe sans rien répondre.

— C'est ce que tu penses de ta propre chute ?

— Pour être honnête, oui, m'avoue-t-il. Je sais. Il y a beaucoup d'eau qui a coulé sous les ponts.

Je comprends qu'il évoque la longueur du temps qu'il a passé depuis en châtiment sur Terre, mais déjà il reprend :

— Même si j'ai en partie accepté la situation, je pense toujours que j'ai agi comme on l'attendait de moi. J'ai fait ce pour quoi j'ai été créé.

Autrement dit, obéir.

— Comment pourrais-je alors considérer ma déchéance comme juste ? me demande Meyer. Comment toi, tu arrives à la considérer ainsi alors que tu n'as été que l'instrument d'une puissance céleste censée veiller à l'équilibre du Tout ?

Le silence s'établit, je réfléchis à ce qu'il vient de dire. Se peut-il que ce soit cela qui me tienne éveillé ? Qu'une partie de moi pense que je suis victime d'une injustice alors que ma conscience m'incite à penser que j'ai mal agi, que j'ai enfreint les règles, que chaque action entraîne des conséquences auxquelles il faut se soumettre qu'importe les circonstances atténuantes ? Je suis Caliel, un ange défendeur de la Justice.

— Tu ne sais vraiment pas qui il est ? me demande alors Meyer.

— Non.

— C'est bien commode... pour lui.

Une certaine amertume altère les traits de son visage, qu'il dissimule bien vite. Ce n'est pas la première fois que je remarque cela chez lui. Cela aurait pu éveiller ma méfiance, mais il n'est pas le seul à agir ainsi. Moi-même je masque ce que je ressens, ce que je pense. Il est loin le temps où mon devoir définissait celui que j'étais, dictait mes actes.

— Peut-être est-ce cette dualité qui te tient éveillé la nuit, reprend-il. Nous avons déjà évoqué cela. Il te faudra du temps pour faire le deuil de l'ange que tu as été et créer le déchu que tu veux être. Ta nature ou du moins celle que tu avais en tant qu'être céleste te dicte d'accepter cette sentence, puisqu'elle est juste. Mais peut-être aussi qu'une petite partie de toi se sent victime du châtiment reçu.

C'est en effet ce que je pense.

— Mais tu oublies une chose, me rappelle à l'ordre Meyer. Ce qui s'est appliqué à toi dans ton ancienne vie, cette incapacité d'avoir des sentiments, ce manque de libre arbitre, mais également ces codes, cette morale auxquels tu as été soumis, tout cela n'a plus de raison d'être à présent que tu es devenu un déchu.

Ses dernières paroles provoquent en moi bien plus de confusion que d'éclaircissement sur ma situation.

— Quant à cette Lena...

Je lève les yeux vers lui qui vient d'ajouter cela.

— Ce que tu ressens pour elle est normal. Les mortels disent que le premier partenaire qui nous éveille à l'amour laisse une emprunte indélébile en nous.

Je hoche la tête, acceptant le fait que je ne pourrais jamais oublier Lena. Pour autant, il me faut aussi accepter qu'il n'y a plus d'espoir pour elle et moi au vu de ce que nous sommes devenu. Si j'éprouve des sentiments pour elle, sa part angélique a dû détruire depuis longtemps la part d'humanité qu'il restait encore en elle lorsque nous étions ensemble. Meyer se lève, puis me lance un dernier regard avant de s'éloigner. À nouveau seul, je reprends le bilan de ma vie, des choix, des actes qui ont été miens lorsque j'étais auprès de Lena, puis seul avant de rencontrer Matt, puis les autres. J'en viens à la conclusion que je n'ai pas causé de mal intentionnellement, que si je l'ai fait cela a été par nécessité, que j'ai fait au mieux.

— J'ai fait au mieux.

Je n'ai le temps de ressentir le moindre réconfort à

cette pensée qu'un ricanement brise le silence : celui que je viens d'émettre pour la première fois de ma vie. Une nouvelle réaction incongrue lorsque je me penche, prenant ma tête dans mes mains. Sans tenter de me redresser, le regard fixé sur le béton à mes pieds, je reste dans là, dans cette position quelques secondes... ou quelques minutes ? J'ai réalisé en revanche la raison qui m'a fait réagir ainsi : le mensonge. Je me mens à moi-même. De ce fait, je ne vaux pas mieux que les mortels qui ont pour habitude de trouver une justification à leurs actes pour s'accorder le pardon. En analysant mes actes, en les jugeant, j'ai eu l'audace de croire que je pouvais croire que j'étais encore l'ange de la Justice et être capable de donner un jugement impartial. Comment celui-ci pourrait-il l'être alors que je ne suis plus cet ange ? Alors que celui que je viens de juger n'est autre que moi-même ?

**

J'arrive à dormir, à présent. Je trouve le sommeil en épuisant mon corps. J'accomplis bien davantage de travaux que n'importe quelle autre personne de notre communauté. Je ne dissimule plus ce que seul un ange déchu est capable d'accomplir. Meyer aurait pu tenter de m'en dissuader au vu des risques auxquels je m'expose à prouver à ceux qui en doutaient encore ce que je suis en réalité. Il n'en a rien fait. Pour ma part, j'ai besoin de ces efforts, d'aller au bout de mes limites physiques pour que, le soir venu, je puisse m'écrouler sur ma couche et cesser d'exister au moment où le sommeil m'emporte. Je suis bien trop épuisé pour résister au sommeil ou ne serait-ce que rêver. Ainsi, je m'accorde plusieurs heures de repos dont j'ai tant besoin. C'est en observant les autres que j'ai su trouver un moyen de briser ces insomnies à défaut d'avoir pu trouver une solution quant à ce qui me tient éveillé. Meyer m'a mis en garde : ce ne peut être qu'une solution temporaire. Mais je me suis résigné. Il me faut du temps pour assimiler tous les changements qui se sont opérés en moi, à accepter avant de pouvoir apprécier pleinement celui que je suis devenu.

Je doute y parvenir un jour, mais je fais confiance à Meyer. Après tout, lui aussi a dû faire face à ce que je vis même s'il ne l'a pas précisé. Il s'est contenté d'acquiescer quand j'ai précisé que le travail que j'accomplissais nous permettait d'aller plus vite sur l'amélioration du stade, qu'on appelle maintenant « le fort ». Cette structure n'a pourtant rien à voir avec ces anciens édifices de pierres capables de résister à une armée de par sa structure, ses défenses, mais cela semble rassurer ses nouveaux habitants. Le doute, la violence et les fausses croyances... Les hommes sont des êtres illogiques qui éprouvent le besoin de s'appuyer sur des pensées, sur des faits, des certitudes qui pourtant n'ont rien de concret. Ils se mentent à eux-mêmes. Voilà ce que je pensais d'eux lorsque j'étais un ange. J'aurais condamné cette tromperie. Je ne voyais alors que le méfait sans m'attarder ce qui pourrait pousser un être à agir ainsi. J'aurais été bien incapable de le comprendre. Mais à présent, comme les mortels, je mens, je dissimule, je tue...

« Ils ont le choix. » Comme mes anciens frères et sœurs, voici l'argument que j'aurais rétorqué pour appuyer ma sentence et le châtiment à la hauteur que j'aurais fait subir au coupable. Je crois toujours que le choix nous est offert. C'est ce à quoi je pense à chaque fois que je suis sur le point de passer à l'action. J'ai le choix, en effet, et j'en use en espérant apporter le moins de trouble possible à ce monde. Je me suis promis de me montrer le plus juste possible, mais est-ce suffisant ?

***

14 jours passent ainsi...
Épuisé par une nouvelle journée d'intenses efforts, je

me dirige avec d'autres vers le fort. Aujourd'hui, comme les deux précédents jours, nous avons travaillé à l'extérieur pour défoncer à coup de marteau-piqueur une grande partie de l'asphalte du parking cerclant le bâtiment ovale. Seules deux bandes seront laissées intactes afin de constituer des passages vers les principaux accès au stade. Cela ralentira d'éventuels assaillants qui utilisent encore des véhicules motorisés ou ceux à pieds ou à cheval, vu le sol défoncé. En portant un regard alentour, j'estime que nous avons fait 70 % du travail. Il nous faut donc un jour supplémentaire à moi et à la dizaine d'hommes qui m'accompagnent pour finir cette tâche avant de passer à la suivante. Ces hommes et femmes n'ont pas la force nécessaire pour accomplir les travaux que nous avons abattus jusqu'ici, mais ils compensent par leur savoir-faire, leur intelligence ou tout simplement le désir de bien faire, valeur que j'apprécie chez les mortels. En revanche, tous sont dotés d'une grande détermination pour protéger le reste de notre groupe, qu'ils aient des proches ou simplement des amis.

D'un geste las, je passe la main droite sur mon crâne, que Matt m'a rasé la veille. Je crispe discrètement les lèvres. J'ai mal. C'est cette profonde entaille que je me suis faite dans le creux de la paume récemment sur l'arête d'un bloc en béton dont j'ai voulu me saisir pour le dégager du chemin. La coupure ne s'est pas encore refermée. Meyer m'avait mis en garde ! Ma capacité de régénération ne serait plus aussi efficace qu'avant. Je pourrais être également affecté par les plus dangereuses des maladies sans pour autant qu'elles parviennent à me tuer, avait-il ajouté. Il avait accompagné son avertissement de l'exemple le plus récent que lui-même avait dû à subir : la première peste noire, remontant tout de même au milieu du XIVe siècle. Il a dû être l'un des rares malades qui a pu en guérir et par la suite se prémunir des autres vagues de cette pandémie qui a frappé l'Europe et a fait 25 millions de morts, tuant de 30 % et 50 % de sa population. Je ne peux m'empêcher d'éprouver une certaine colère face à cette vulnérabilité qui m'accable. Si j'ai réussi à trouver des avantages à pouvoir ressentir des émotions et à découvrir le libre arbitre, faire face à une diminution de mes capacités physiques m'est plus difficile.

— Vas-tu faire voir cette blessure à Doc ?

Je jette un coup d'œil sur Paula, qui a accéléré pour arriver à ma hauteur et campe sur ma droite. Je me trouve toujours à l'avant du groupe, surtout en fin de journée : éreintés par le travail accompli, les autres traînent derrière moi. Moi aussi, je suis éreinté, mais je n'arrive pas à ralentir le pas, je force mon corps à conserver un rythme « militaire » – le terme que certains ont employé pour le décrire. La femme d'une trentaine d'années regarde ma main, qu'elle-même a parée d'un bandage. Quelque peu surpris de constater que la plaie ne s'était pas refermée immédiatement, je l'avais laissée bandée d'un chiffon après avoir refusé sa proposition de quitter mon poste pour rejoindre l'infirmerie du doc dans le fort. En l'observant, je remarque que Paula vient de se détacher les cheveux. Quelques secondes plus tôt, elle les avait réunis en une couette haute comme à son habitude. C'est le seul élément qui a changé. Son jean et son débardeur à l'effigie d'un certain groupe de musique Rock, d'après ce qu'elle m'en avait dit, sont tous aussi poussiéreux que mon jean, mon t-shirt noir et mes rangers.

Elle lève les yeux vers moi, et comme à chaque fois que nos regards se croisent, le sien papillonne, se tourne dans une autre direction avant qu'elle ne carre les épaules et ne me fixe à nouveau. J'ai compris seulement la troisième fois que son comportement est une conséquence d'un intérêt sexuel. J'en ai eu la confirmation lorsque j'ai évoqué le sujet avec Meyer. Il s'était alors moqué de moi de deux manières différentes : la première en riant face à ma demande, la seconde en m'expliquant qu'elle m'envoyait des signes déjà à son arrivée plusieurs mois plus tôt. Rares sont les fois où j'ai fait face aux moqueries. Et après examen de mes sentiments, j'avoue ne pas trop apprécier, sans pour autant que cela déclenche de la colère chez moi. Quant à Paula, elle est arrivée avec un petit groupe comme il y en a eu d'autres par la suite. Ils ont entendu dire qu'à la différence des autres communautés de réfugiés, nous accueillions de nouveaux venus. Le fort est grand. Nous avons estimé Meyer et moi que notre groupe devrait compter 380 individus, enfants de moins de douze ans non inclus, afin d'avoir suffisamment de main-d'œuvre pour remplir tous les postes dont nous avons établi une liste bien précise dans un souci d'efficacité.

16
LE BONHEUR

— J'irai.

Je réponds à Paula, mais je lui mens, bien sûr. Je ne vais pas montrer cette entaille à Meyer en sachant que dans quelques heures elle sera refermée. Mais ce n'est pas uniquement la raison de ce mensonge. Je sais qu'elle m'aurait proposé de la soigner elle-même si je lui avais répondu par la négative. Il suffit de voir sa réaction de déception, même si elle m'affirme que j'agis au mieux. Mais bien vite, elle se reprend, son pas se fait plus léger, elle sourit même avant de me lancer :

— Je suis impatiente de participer à la fête de ce soir. Ça va nous faire un bien fou.

La fête. Matt ne parle plus que de cela depuis plus d'une semaine, d'autant plus qu'il participe activement avec d'autres adolescents à son organisation. C'est Meyer qui en a eu l'idée afin, d'après moi, d'occuper les jeunes et sans doute aussi pour calmer les dissensions qui se font plus nombreuses au sein de notre communauté, qui compte à présent 321 individus. « Cela allégera les âmes de ces mortels, et la mienne aussi. » Je n'ai toujours pas compris cette phrase de Meyer. Comment en une poignée d'heures, attablés devant un bon repas sur fond de musique entraînante, ces gens pourraient-ils oublier les conflits qui les opposent ? J'ai vu certains en venir aux mains pour des détails sans importance, insignifiants... Il me faudra sans doute des centaines de vies sur cette Terre avant de comprendre réellement comment les mortels fonctionnent.

— Ce soir, tu viens ? me demande Paula, puisque je n'ai pas relevé sa dernière remarque.

Pourtant, elle devrait savoir que je suis quelqu'un de « taciturne ». C'est l'expression qu'utilisent les autres parce que je ne parle que pour dire des choses qui méritent d'être entendues. Les mortels devraient être quant à eux moins prolixes ; cela joue bien souvent en leur défaveur.

— Cal ? insiste-t-elle.

— Oui.

Elle expire l'air qu'elle avait retenu dans ses poumons. Son corps se détend. Soulagement.

— Je me suis porté volontaire pour être agent de

sécurité.

Son regard se voile. Elle se crispe. Cela lui déplaît que je ne participe pas à la fête. Elle réfléchit, retrouve cette bonne humeur que beaucoup apprécient chez elle. Pour ma part, je trouve intéressant qu'elle ait fait des études en ingénierie avant que la guerre céleste n'éclate. Ses connaissances nous sont d'une très grande aide.

— Au moins, je t'y verrai, même si je ne pourrai pas danser avec toi.

Sa température a subitement augmenté. Son cœur bat plus vite et ses joues prennent une couleur carmin. D'autres réactions physiques interviennent, reflétant ce qui se passe en elle. Je prends le temps de repérer chacun d'eux, de les analyser, les classer. Les mortels qui m'entourent sont autant de sujets que j'étudie. Et le soir venu, je passe mon temps à tenter de vider mon corps de toute son énergie dans le but de dormir un peu. Je suis certes fatigué, mais pas épuisé. Nous avons fini plus tôt aujourd'hui au vu des festivités qui se tiendront dans la soirée. J'aurais pu continuer à travailler seul, mais il me faut être alerte, car, avec un petit groupe d'hommes, nous avons pour mission de veiller sur la sécurité du groupe. Le danger est bien réel ; les attaques des maraudeurs et autres bandes armées sont plus fréquentes. Ils visent désormais les communautés établies comme la nôtre. Le dernier groupe qui nous est parvenu regroupe les survivants de l'une des petites villes alentour du nom de Hashville, qui a subi l'une de ces attaques. L'assaut est rapide, efficace : des dizaines d'hommes frappent les fortifications aux endroits où elles sont les plus fragiles. Puis ils se dispersent aux quatre vents pour piller tout ce qu'ils peuvent. Tout est jeté ensuite dans des camions et voitures que d'autres, restés en arrière, se chargent de faire pénétrer à l'intérieur de la ville. Ils tuent sans pitié et enlèvent quelques femmes avant de repartir aussi vite qu'ils sont venus. Personne ne se fait d'illusions sur ce qu'ils font à ces femmes. Pour ma part, je vois un autre danger que celui qui peut nous frapper de l'extérieur : pour la soirée sur le point de commencer, la consommation d'alcool sera exceptionnellement autorisée, bien que limitée à deux verres par adulte.

Je lance à Paula :

— À ce soir !

Puis j'accélère assez fort pour la distancer rapidement. Généralement, cela suffit pour indiquer que l'on souhaite clore une discussion.

Avant de pénétrer dans le lieu de la fête, je jette un regard sur les hommes censés monter la garde à l'entrée. Ils sont armés, mais c'est surtout l'attitude qu'ils ont à notre approche qui me satisfait bien plus que leurs armes, je sais qu'ils pourraient bloquer notre avance si nous avions de mauvaises intentions. À l'intérieur, je constate immédiatement un changement. Bien sûr, il y a ces guirlandes de papier coloré qui ont été suspendues ici et là, mais c'est surtout cette vibration dans l'air, une sorte d'anticipation venant de la foule. Je me fige, les poings serrés. J'ai déjà vu ça, juste avant une attaque : les mortels se communiquent sans parole ni geste un danger qui plane sur eux. Ici, nul danger. Il suffit de voir les mines réjouies qu'affichent le plus grand nombre. Le rythme de leur mouvement est également différent : plus rapide, plus léger comme le flot de leurs conversations. Ils paraissent éprouver... du bonheur. La fête. Je ne vois que cela pour justifier leur attitude. Ils anticipent cette soirée, en ressentent déjà les effets positifs évoqués par Meyer. Ils sont heureux. Jusqu'ici, je n'ai été témoin que très rarement de ce sentiment. Moi-même, je ne l'ai pas encore vécu. Est-ce que cela m'arrivera au moins une fois ?

**

Les hommes aiment s'amuser.

La soirée est bien avancée. Ils ont mangé à même le sol pour « pique-niquer », un terme que m'a expliqué Matt, comme celui de « barbecue », moyen de cuisson qui a été utilisé pour les célébrations, car cela déclenche chez les gens de la convivialité. Maintenant ils dansent. « La fête bat son plein », expression de mortel dont je comprends enfin le sens, car mon corps est parcouru d'une vibration à chaque coup de basse qui rythme la musique dite R&B. Les gens bougent de façon désordonnée pour, semble-t-il, suivre le tempo. C'est à peine s'ils modifient la manière de se mouvoir lorsqu'une nouvelle chanson remplace la précédente. Pour ma part, tout ce que je tire de cette pratique, c'est la dépense énergétique inutile et l'épuisement.

Je reste à l'écart et les observe. Je m'ennuie, mais je reste vigilant. Les hommes respectent les figures d'autorité ; j'ai appris cela en observant le comportement de Meyer qui, malgré un tempérament charmeur, possède une personnalité de chef. « Il faut agir comme si tu étais certain d'être obéi », m'a-t-il dit pour expliquer comment il arrive à être si bien écouté. Il me suffit d'un geste de la main pour ordonner à l'un de ceux qui veillent comme moi à la sécurité du groupe pour disperser les gens qui bloquent l'une des sorties. L'interpellé hoche la tête puis s'exécute en se rendant vers le corridor tout proche de lui pour le libérer. Les hommes et femmes qui s'y sont regroupés avancent et rejoignent les autres réunis dans la partie du stade qui n'a pas été encore transformée en parcelles de pâturages ou en enclos pour bêtes ; nous avons des porcs et des poules. À présent que nous nous déplaçons à cheval, j'estime qu'il nous faudrait une écurie afin de prendre soin de nos montures. Meyer est d'accord avec moi, mais encore faut-il convaincre le reste de la communauté. Ils rechignent à utiliser des chevaux, qui sont pourtant bien plus utiles que ces chiens qui prolifèrent dans le fort. L'une de ces bêtes se trouve justement à quelques mètres de moi. Elle me fixe, quémande un peu de nourriture. Les mortels s'obstinent à leur en donner au lieu de les laisser se débrouiller par eux-mêmes comme n'importe quelle créature sur cette Terre. Cela va sans dire que je désapprouve ce comportement, surtout qu'un rationnement de nos vivres est encore en cours. Rassuré par mon immobilisme, le chien au pelage tacheté de blanc et noir s'avance. Il ne devrait pas. Son instinct de préservation a sans doute été corrompu par des années d'assistance de la part des hommes. Les bras croisés, je daigne baisser les yeux vers lui. Il s'arrête, me regarde avec davantage de méfiance. Bien. Finalement, il s'avance encore.

— Es-tu si stupide que cela ?

Il émet l'un de ces gémissements qui poussent les mortels à lui prodiguer une caresse ou lui offrir un peu de nourriture. Mes sourcils se froncent de sévérité. Un nouveau gémissement de sa part. Je pousse un profond soupir de lassitude avant de le mettre en garde.

— Tu n'obtiendras rien de moi.

Ses oreilles pointues s'aplatissent sur sa drôle de tête aux yeux légèrement exorbités. C'est probablement sa laideur qui fait qu'il n'a que la peau sur les os. Les hommes jugent sur l'apparence d'autrui et les chiens ne font pas exception à cette règle. Je regarde à nouveau la foule réunie devant moi. Tous ont revêtu de plus beaux habits. Il m'a fallu une bonne heure avant de pouvoir prendre à mon tour une douche sommaire, car les hommes avant moi ont pris plus que le temps nécessaire pour faire leur toilette. Je n'ose imaginer le délai d'attente qu'il a fallu pour les femmes qui passent les dernières. Certaines se sont plaintes à leurs amis. Je n'ai pas trop eu d'autre choix que de les entendre, mon ouïe développée, que j'utilise pour évaluer les tempéraments de la foule, ne m'épargne rien.

—Les mortels aiment se plaindre autant qu'ils apprécient le chaos.

Un aboiement. Je baisse les yeux sur le chien qui, semble-t-il, vient d'acquiescer à ma remarque.

— Ils ne savent pas vivre en paix.

À nouveau, il aboie. Mais alors, je fronce les sourcils, le jaugeant avec un nouvel œil.

—Peux être que tu n'es pas si bête que cela finalement.

Voilà qu'il se met à sortir sa langue et halète bruyamment. Je grimace. J'éprouve un certain dégoût face à sa réaction. Serait-il possible qu'il prétende me comprendre, me donner raison pour que j'aie pitié de lui et ainsi que je lui donne de quoi survivre ?

Je n'ai pas le temps d'analyser plus avant son comportement que mon attention est soudainement happée par des éclats de voix sur ma droite. Tandis que je m'élance, je remarque que l'animal à quatre pattes se met à me suivre. Je fends la foule pour rejoindre les deux hommes qui commencent à se battre. La lutte s'arrête à l'instant où je me place entre les deux pour les projeter dans deux directions opposées. J'ai contenu ma force pour ne pas les blesser, et pourtant tous deux sont projetés dans les airs à deux mètres de là. Leur colère se retourne contre moi, non à cause de ce que je suis, mais à cause de ce que je viens de faire. Voilà comment se comportent généralement les hommes envers ceux qui osent s'interposer.

— Pourquoi vous battez-vous ?

Je pose cette question avant même qu'ils se relèvent. Ils se mettent à parler avec véhémence et en même temps. Ça aussi, c'est une réaction habituelle dans ce genre de situation. Ils se regardent avec haine, s'invectivent, usent d'insultes, se rapprochent pour à nouveau exprimer leur fureur à coups de poing. Pris dans leur élan, ils en ont oblitéré jusqu'à ma présence. Je la leur rappelle d'un ton sec :

— Il suffit !

L'homme sur la droite s'arrête, l'autre ralentit. C'est vers lui que je me tourne. Je réitère ma question sur un ton autoritaire. Il me répond sans cesser de pointer du doigt son opposant et dont je suis également les moindres mouvements. Je ne lui ai pas tourné le dos uniquement pour ne pas lui donner l'occasion de m'attaquer par-derrière, même si je l'aurais facilement arrêté. Il cherche à donner son opinion, que je fais mine de ne pas entendre jusqu'à ce que le premier ait terminé son argumentaire. Alors seulement je tourne la tête vers lui :

— À toi.

Avec attention, je l'écoute. Bien sûr, le premier tente bien de s'opposer aux dires de son opposant. Je le coupe :

— Je t'ai laissé la parole. Respecte la sienne.

Et sans un regard de plus, je reporte mon attention sur le blond, qui termine. Les deux hommes se jaugent sans tenter d'en venir à nouveau aux mains. Ils attendent une réaction, un mot de ma part. En silence, je les regarde tour à dans le bourdonnement incessant des conversations ; les témoins de la scène sont réunis tout autour de nous, et pourtant se taisent instantanément lorsque je lève une main. « Les hommes sont des

moutons qui ont besoin d'un berger pour être guidés »,
m'avait dit Meyer. Je l'ai repéré quelque part sur la
gauche, mais il n'intervient pas même lorsque j'exige :

— Ces hommes doivent quitter notre communauté.

Une partie de la foule s'offusque, les deux hommes
marquent la surprise et avant qu'ils ne puissent réagir
avec agressivité à ma sentence, je la justifie :

— Nous ne pouvons pas nous permettre de garder
deux hommes qui sont prêts à se battre entre eux pour
une raison ou une autre. Ce que nous faisons ici, la raison
pour laquelle nous nous sommes réunis est une tentative
de survie. Une tentative !

J'ai appuyé sur ce dernier mot en y mettant plus de
force dans la voix et en l'accompagnant d'une pose : tous
comprennent que ce n'est pas parce que nous avons
trouvé cet endroit et que nous avons fait tous ces efforts
pour en faire un abri sûr, que nous parviendrons à
survivre ne serait-ce que quelques semaines de plus. Les
hordes angéliques continuent leurs attaques. Connaissant
leur tactique, je me doute qu'ils ne doivent plus se diriger
que dans une seule direction, mais qu'ils n'hésiteront pas
à revenir sur leurs pas pour ravager les enclaves dans
lesquels se sont établis les survivants pourtant encore
trop nombreux. Il suffit de voir les gens qui se pressent
pour entrer au fort, de plus en plus fréquemment. Quant

aux mortels, ils restent la plus grande menace envers leurs semblables.

— Nul besoin que je vous énumère les dangers qui nous guettent au-delà de ces murs. Nous les connaissons tous. Alors nous ne pouvons nous permettre que le danger vienne également de l'intérieur de ce fort, de notre foyer, dis-je en regardant les deux hommes.

Plusieurs individus qui travaillent chaque jour avec moi et deux que je dirige à l'occasion de cette soirée pour assurer la sécurité se sont approchés des condamnés. Leur attitude et leur présence les intiment de demeurer calmes. Les autres murmurent, grognent, protestent, argumentent en faveur ou en défaveur de ce que je viens de dire, du jugement que je viens de donner. Et parmi ce bourdonnement de voix, une seule ose s'élever plus haute que les autres, celle de Meyer :

— Je suis d'accord.

Je peux constater aisément à cet instant tout le respect que lui accorde le reste de notre communauté. Ceux qui pensent comme moi acquiescent avec plus de détermination. Quant aux autres, ils hésitent, leurs avis vacillent. Parmi eux, certains restent toutefois convaincus que le bannissement n'est pas la solution, que nous ne devons pas nous comporter avec autant d'indifférence. Mais alors que les protestations des deux jugés sont noyées dans la masse, l'un d'eux, le grand brun, laisse éclater sa rage en envoyant son poing dans le ventre de l'un de ceux qui l'encerclent. Il frappe celui qui s'avance par-derrière en lui balançant son coude en plein visage. Je peux entendre distinctement le craquement du nez qu'il vient de briser au moment où je décide enfin d'intervenir. Il ne me faut qu'une fraction de seconde pour le rejoindre et autant pour me saisir de ses deux bras que je tire en arrière en le plaquant au sol dans le même mouvement. Sa tête frappe durement la terre qui n'a pu amortir sa chute. Ce choc l'étourdit sans l'assommer. Quand je lève les yeux, j'ai la confirmation de ce que je viens d'entendre : d'autres se sont chargés de mettre à terre le second individu qui se met à se débattre avec autant de force que celui que je tiens sous moi. Une pression de mon genou sur ses reins lui arrache un cri de douleur et il retient ses prochains mouvements. J'aurais pu l'arrêter avant même qu'il frappe le premier homme mais je l'ai laissé faire. Leurs actes de violence viennent de prouver le bien-fondé de mon jugement.

17

L'IMPLICATION

Les hommes respectent ceux qui se font respecter.

C'est la leçon que j'ai tirée de ce qui s'est passé voilà de cela dix-huit jours. L'exclusion de ces deux hommes du fort n'a pas été immédiate, certains des nôtres s'étant opposés à leur départ. Mais Meyer a su les convaincre en usant de la peur. Devant le sentiment de menace envers leur propre sécurité et celle de leurs proches, ils ont fini par céder. Encore aujourd'hui, je ne comprends pas leur hésitation. La menace est bien réelle, mais visiblement, les mortels sont incapables de la voir, ou s'ils la voient ils font passer d'autres préoccupations, ce qu'ils appellent des « principes », avant la logique qui nous pousse à nous débarrasser de ce qui pourrait causer notre perte – dans le cas présent : des éléments perturbateurs, et donc dangereux. Après cette première exclusion publique, d'autres ont suivi, mais elles ont été menées par Meyer et un conseil de trois autres élus, créé depuis notre installation dans ce stade.

Deux sessions ont déjà eu lieu dans ce que l'on nomme à présent « la cour intérieure », la partie du terrain où s'est tenue la fête. En cette soirée, une nouvelle est en cours, ayant pour but de se débarrasser au plus vite de ceux qui pourraient mettre en péril la sécurité de tous. Dans l'assistance, certains se plaignent de la cadence avec laquelle nous menons ces « procès », terme non officiel, mais également employé. À présent, notre effectif s'élève à 394, un nouveau groupe de réfugiés étant arrivé trois jours plus tôt. À les observer, il paraît évident qu'ils sont étonnés d'avoir été conviés à cette session, obligatoire pour tous y compris les enfants. Je remarque également l'intérêt qu'ils me portent : ils se tournent vers moi en chuchotant alors que je reste à l'écart, adossé contre le mur d'enceinte. Leur regard se fait aussi curieux que méfiant, tandis que ces nouveaux arrivés découvrent ce que je suis. D'après ce que j'entends de leur discussion, pourtant menée à voix basse et à une certaine distance, ils savaient qu'un ancien ange se trouvait dans ce fort bien avant de s'y rendre.

« C'est moi qui en ai informé les autres communautés, en précisant tout ce que tu as fait pour nous, pour nous protéger. » Cette information, je l'avais reçue de Meyer quand je n'ai plus caché mes capacités physiques. Il avait ajouté, pour justifier son choix d'avoir révélé ma véritable identité aux mortels vivant en dehors du fort : « Mieux vaut qu'ils l'apprennent de nous, qu'ils sachent que tu fais partie des nôtres plutôt qu'ils découvrent par eux-mêmes ta présence parmi nous et qu'ils se fassent de fausses idées. Ils te croiraient un ennemi qui se dissimule parmi les mortels et tenteraient de te tuer. » Je comprends son raisonnement, il a voulu me protéger. Quant aux nouveaux arrivés, ils l'auraient vite appris des autres ou de mes propres actions. Pour ceux à l'extérieur, je reste prudent, c'est pour cela que je refuse de faire partie des corps expéditionnaires qui quittent le camp à la recherche de vivres et matériels ou pour marchander avec les autres communautés. Le troc a remplacé toutes autres transactions financières, qui ont été éliminées lorsque le système en place s'est écroulé.

Il y a deux personnes dont la présence dans le fort est remise en question : un homme et une femme qui se sont récemment mis en couple. Chacun a des antécédents criminels assez conséquents, d'après les dires des témoins qui sont passés devant toute l'assistance. À la différence de beaucoup, ils ont fait l'erreur de rester dans les parages ; ainsi, leur passé est de notoriété publique. Ce n'est pas la première fois que j'entends des gens parler de ces deux-là. Ce qui divise surtout les membres du Conseil composé de quatre membres et ayant voté deux contre deux pour leur exil, c'est l'enfant de la jeune femme. Cette égalité ne fait que confirmer ce que je pensais concernant leur nombre pair, inefficace pour rendre un éventuel jugement.

— T'en penses quoi, toi ?

Je baisse les yeux sur Matt ; il se tient à côté de moi depuis le début de cette session, non sans afficher une certaine nonchalance, un genou posé contre le mur et les mains dans les poches de son jean. Son regard n'a de cesse d'aller de moi à la foule qui se tient devant nous. Je ne réponds pas. Matt n'insiste pas. Mais une autre personne intervient :

— Oui, vous en pensez quoi ?

— Doit-on les chasser ?

Je regarde tour à tour les deux femmes d'une quarantaine d'années restées à l'arrière auprès de leurs enfants. L'une d'entre elles presse la tête du plus jeune contre son flanc comme si cela pouvait le protéger. Elles attendent une réponse de ma part qui ne vient pas. Elles insistent.

— Vous n'avez qu'à lire en eux et voir s'ils sont si mauvais que ça.

Certains pensent encore que j'ai conservé toutes les capacités d'un ange, comme celle de sonder l'âme d'un être. D'autres interviennent dans la conversation, qui rapidement éclipse celle qui se joue au centre de la foule.

— Que se passe-t-il ? demande l'un des trois hommes faisant partie du Conseil.

« Le déchu va trancher ! » « Lui sait si nous devons nous débarrasser de ces gens ou non », déclament chacune à leur tour ces deux femmes qui ont décidé d'intervenir dans la session. Devant le regard peu amène que je leur lance, elles rentrent la tête dans les épaules, placent les enfants qu'elles ont à leur portée derrière elles dans un geste craintif. Depuis cette soirée et mon intervention pour séparer ces deux hommes, j'ai eu le temps de me rendre compte de la portée de ce que j'avais déclenché. Je compte un nouveau sentiment dans ceux que j'ai déjà expérimentés : le remords. J'ai cru sur le moment que c'était la meilleure chose à faire que de se débarrasser de ces deux hommes pour le bien commun, mais les mortels ont une nouvelle fois démontré leur malversation en utilisant ce prétexte pour faire du mal à autrui. Les accusations sont chaque jour plus nombreuses, les gens se retournent contre ceux qu'ils mésestiment, qu'ils n'apprécient pas, dont ils veulent se débarrasser.

— Cal, avance, je te prie.

Meyer vient de parler. J'hésite à avancer. Mais la foule, elle, s'écarte me permettant enfin de voir ce couple et la fillette entre eux. Même à cette distance, je vois les tremblements qui les agitent. L'homme fixe le sol devant lui, les épaules voûtées. Il ne se bat pas, il attend que son sort soit décidé par d'autres. Ce qui n'est pas le cas de la femme, la seule que j'ai entendue jusqu'ici. Elle regarde sans arrêt tout autour d'elle, entre colère et espoir. Ses deux mains agrippent les épaules de sa fille devant elle. C'est pour cette enfant qu'elle fait face, qu'elle refuse d'abandonner. Comme chacun de nous, elle sait quel danger les attend dehors. Malgré la décision que j'ai prise de ne plus agir ainsi, je décide d'intervenir. C'est pour cette mortelle que je m'avance, je suis touché par son courage.

Ses yeux noirs d'encre s'accrochent à moi. Ils vacillent, mais reviennent toujours aux miens qui ne se détournent pas. Je m'arrête devant ces trois personnes. Il paraît évident qu'ils ne représentent pas de menace pour nous. Pour l'enfant âgée de cinq ou six ans tout au plus, c'est une déduction aisée. Pour l'homme que d'autres ont affirmé si dangereux, il suffit d'observer son attitude pour se convaincre qu'il est inoffensif ; il est probablement brisé par ce qui s'est passé depuis que les anges sont tombés. J'ai changé ; cela nous a tous changés. Quant à la mortelle, tout ce qu'elle désire, c'est protéger son enfant. Était-elle plus dangereuse que les deux femmes qui m'ont interpellé un instant plus tôt ?

Le doute revient. Je pense à nouveau être capable de juger, être l'ange que j'étais. Pour autant, je ne veux pas rester à l'écart, je ne veux pas qu'ils soient chassés et avoir leur mort sur la conscience. Et puis je me suis déjà avancé, je ne peux reculer. Reculer serait une marque de faiblesse que pourraient utiliser certains pour me menacer. Ma décision prise, je pourrais bien sûr donner ces arguments, et même d'autres au Conseil et à la foule pour les convaincre de les laisser tranquilles, qu'ils méritent d'être épargnés, mais ce serait alors une perte de temps et un risque à faire encourir à ces trois personnes si je venais à échouer. Je décide d'utiliser une autre approche. Me tenant devant le trio, je les fixe tour à tour d'un regard acéré comme si je lisais en eux avant de briser le silence qui s'est installé :

— L'âme de l'enfant est pure. Nous devons le protéger. Il reste.

— Et les deux autres ? crie quelqu'un derrière moi avec une impatience irrespectueuse.

— Je décèle dans leur âme plus de lumière que d'obscurité.

Des murmures suivent ma déclaration. Je n'ai pas été assez clair. Tandis que je cherche mes mots pour être plus explicite, c'est Meyer qui intervient :

— Cela signifie qu'ils se sont repentis.

Je me tourne à demi vers lui avant de hocher la tête, puis abonde dans son sens, affirmant haut et clair :

— Ils sont en droit de rester.

Puis, sans un regard de plus sur le trio, ni même vers le reste de la foule, je m'éloigne rapidement.

***

Meyer referme la porte de sa chambre derrière nous. Il n'allume pas la lampe à gaz qui se trouve sur la table près de l'entrée. Il s'avance dans l'obscurité, y voyant comme en plein jour, pour me rejoindre devant la baie vitrée.

— Une position privilégiée pour observer les matchs qui se tenaient en contrebas, voilà ce que l'on aurait vu dans cette loge avant que la guerre n'éclate il y a un peu plus d'un an et demi.

Je souffle :

— 571 jours.

Il s'arrête à ma gauche. À présent, le stade est plongé dans la pénombre. Les immenses lampadaires sont toujours là et ils pourraient éclairer de leurs puissantes lumières le terrain cerclé de béton, mais le générateur que nous avons installé depuis peu ne sera allumé qu'en cas de nécessité. Pour ma part, je n'en ai pas besoin pour voir ce qui se passe en contrebas, les bêtes dans leurs enclos et les hommes en poste dans les hauteurs.

— Nous avons atteint l'effectif que nous recherchions.

— Tu oublies ceux qui partent.

Je le contre :

— Justement. Nous pourrions arrêter ces sessions et continuer avec ceux que nous avons.

— Et refuser d'incorporer à notre communauté de nouveaux arrivants en nous privant de personnes qui pourraient avoir bien plus de valeur pour nous que certains qui n'apportent rien.

Je me tourne vers Meyer, qui m'apparaît de profil tandis qu'il continue de fixer le panorama devant lui. Voilà la raison à ces exclusions. Il me tient un discours bien plus franc qu'avec les autres, un discours qui pourrait passer pour du cynisme pour les mortels alors que ce n'est que du pragmatisme. J'acquiesce. Il a raison. Certains ne nous sont d'aucune utilité et nous avons besoin de gens compétents ou tout du moins volontaires si nous voulons survivre.

— Je ne veux plus participer à ces cessions, dis-je néanmoins.

— Par peur de ne pouvoir t'empêcher d'intervenir comme tu l'as fait aujourd'hui, j'imagine ?

— Oui.

Son regard cherche le mien, je ne le détourne pas.

— Tu ne peux t'empêcher d'être un ange de la Justice...

Je grogne :

— Je n'ai pas besoin que tu me rappelles ma fonction... mon *ancienne* fonction.

— Je dis juste qu'on ne peut aller contre ce pour quoi nous avons été créés.

— Tu ne m'as toujours pas dit à quelle caste, toi, tu appartenais, repris-je, détournant ainsi la conversation sur lui.

Il ne répond pas. « Mieux vaut le silence que le mensonge », m'avait-il dit un jour en critiquant l'attitude des mortels lorsqu'il était clair que ceux que nous étions en train d'observer se dissimulaient l'un l'autre des informations. Je préfère ses silences et être certain qu'il me dit toujours la vérité comme il me l'a promis.

— La situation exige bien souvent de nous que nous agissions, même si nous voudrions n'en rien faire pour ne pas avoir à ressentir d'émotions par la suite.

Je hoche la tête, les lèvres pincées. Il a encore raison.

« Ces fichus sentiments. »

Meyer pose alors une main sur mon épaule avec l'intention de me calmer. Cela ne fonctionne pas, bien au contraire. J'aimerais donner un coup d'épaule pour me débarrasser de cette main qui affiche ma faiblesse. J'aimerais pouvoir me libérer de toute cette frustration, de toute cette colère en moi, qui semble bouillir telle de l'eau dans une marmite au-dessus d'un feu. J'aimerais me retrouver seul. Mais alors dans ce cas, pourquoi suis-je venu chez lui ? Pourquoi ne me suis-je pas rendu dans la salle de sport que nous avons installée tout récemment pour frapper contre l'un de ces sacs remplis de sable afin d'évacuer le trop-plein de frustrations ? Pourquoi est-ce que je ne fais pas ce geste brusque pour me libérer du contact de sa main posée sur mon épaule ?

Je reste immobile. Je réussis à contenir en moi tout ce flot d'émotions et reste à côté de lui, et ce, y compris lorsqu'il me parle à nouveau de mon intervention, qu'il me dit que c'est une bonne chose, que les gens ont confiance en moi, même si je leur ai menti en prétextant user d'un pouvoir que je ne possède plus. Meyer réussit à me convaincre de participer aux autres sessions. Il me prépare à y participer à nouveau comme je l'ai fait un peu plus tôt dans la soirée. Il réussit à faire tout cela en me parlant.

Le pouvoir des mots.

***

Nous en avons fini avec ces sessions. Nous en avons fini avec les travaux de réaménagement et de sécurité, mais ce n'est pas pour autant qu'il nous est permis de nous reposer. Le temps des récoltes est arrivé avec la belle saison, et la communauté a décidé de marquer l'événement en organisant une nouvelle fête. Les mortels se projettent déjà sur l'avenir, sur la fin de la saison avant même que celle-ci soit passée, que le travail ne soit fait. J'apprécie cette capacité des hommes de croire en un avenir meilleur. La vie leur a tant de fois prouvé la futilité de penser ainsi, et pourtant il y a quelque chose de libérateur, de bienfaisant dans cette façon de voir la vie. Moi-même, il m'arrive à de brefs moments de croire que nous pourrions vivre tranquillement dans ce lieu qui finira inéluctablement par disparaître. Il en est de même pour ces relations que je laisse se développer entre moi et certaines personnes du fort, pourtant condamnées elles aussi à ne plus être là un jour. L'immortalité sur cette Terre est mon châtiment. Comme eux, j'apprends à me mentir à moi-même, à vivre au jour le jour en imaginant un meilleur avenir que celui qui m'attend en réalité. Cela semble être la bonne voie à prendre puisque, à présent, je peux trouver le sommeil sans être obligé d'épuiser mon corps pour cela. Je m'accorde des moments où je reste là sans rien faire, à observer le monde, à trouver cette paix à laquelle j'accédais autrefois sans aucun effort en plongeant dans ma lumière céleste. J'apprends à apprécier, à jouir de la vie. À vivre.

Je suis dans l'un de ces moments, assis en tailleur sur l'un des plus hauts gradins lorsque cette paix est brisée par un cri d'alerte. Le premier depuis bien longtemps. Déjà je suis debout et je gravis les quelques niveaux pour rejoindre l'un des postes d'observation. Ce que je vois, c'est la réalité qui fracasse le moindre espoir, la moindre illusion d'un avenir meilleur. Ce que je vois, c'est une horde d'anges qui se dirigent vers le fort, vers notre foyer.

18
LA DÉTERMINATION

Ils se déplacent lentement, sans se presser. Leurs mouvements me semblent si lents ! Quel contraste avec l'affolement qui agite les mortels en contrebas ! Ceux en poste du côté opposé au stade accourent à présent pour nous rejoindre. La peur les anime et les rend plus vivants encore. Et contre toute attente, moi aussi j'éprouve cette peur. C'est d'autant plus frappant avec la vision de ces anges vêtus de blancs qui s'apprêtent à pénétrer dans la zone du parking devenue un champ de gravas bétonnés. Je réalise alors que j'ai quelque chose à perdre, que j'ai des gens qui comptent pour moi et qui pourraient périr dans quelques minutes ou dans les heures qui viennent.

Je lance des ordres avec brusquerie, avec force pour que les hommes et femmes montent nous rejoindre au plus vite et protègent notre foyer. Certains gravissent déjà les gradins, une arme à la main. Ils agissent avec plus de rapidité qu'ils ne l'ont fait jusqu'ici lors des multiples entraînements auxquels je les ai soumis ; sans la motivation du danger, beaucoup rechignaient au moment de monter les 432 marches leur permettant de rejoindre le niveau le plus haut. En bas se trouve Meyer, qui donne des ordres avec plus de calme et de maîtrise que moi et regroupe les enfants sur le terrain central ; ils sont ce que nous avons de plus précieux avec le bétail, nos champs et le puits qui nous alimente en eau.

Les détonations éclatent de toute part. Les veilleurs à leur poste commencent à tirer sur des anges, mais les balles les ralentissent si brièvement que cela reste sans effet. J'ordonne :

— Cessez le feu !

Peu écoutent. Ils semblent galvanisés autant que rassurés de pouvoir user de leur arme mortelle sur des célestes. Il me faut réitérer mon ordre à quatre reprises avant d'être obéi de tous. Nous ne pouvons pas nous permettre de gaspiller nos munitions sur des cibles non humaines. Les premiers à venir de l'armurerie arrivent.

— Donne.

À bout de souffle, l'interpellé se redresse avant de réaliser à qui il a affaire. Il me lance son arme que je saisis au vol avant d'orienter le canon sur l'une des silhouettes vêtues de blanc. La détonation éclate et l'ange touché en pleine tête par la balle en argent s'écroule. Je recharge et tire sur un autre, toujours à la tête. À cette distance, il est trop risqué de tenter d'atteindre le cœur. Je ne veux pas manquer mon coup, car nous n'avons pas pu fabriquer beaucoup de balles. Chaque tir doit abattre sa cible. Et après avoir tiré le troisième coup, je lui rends l'arme et grogne :

— Pas toi. Donne-la à Simon.

Simon est sur ma droite. Je l'entends distinctement lorsqu'il attrape le fusil, qu'il l'arme et appuie sur la gâchette. Me parvint alors le sifflement que la balle produit lorsqu'elle tournoie dans le canon en acier avant de fendre l'air, et le claquement qu'elle produit en s'enfonçant dans le crâne du quatrième ange, qui s'écroule sur les gravats.

— Plus que seize, dis-je. Nous pouvons le faire.

J'ai la naïveté de croire qu'effectivement nous pouvons tous les abattre avant qu'ils n'atteignent la base du fort et qu'ils ne pénètrent à l'intérieur pour tous nous tuer. Mais les seize anges restants réagissent face à notre contre-attaque et devant la mort qui les menace. Ils se mettent à se mouvoir si vite que les tirs qui suivent ne les atteignent pas. Sauf les miens : je tire bien plus vite et avec plus de précision que les mortels, et surtout je réussis à anticiper la trajectoire de mes cibles. Trois nouveaux anges tombent, touchés par mes balles. Un se relève, le projectile n'ayant fait qu'effleurer son crâne. Je l'ai manqué, ce qui n'est pas le cas du second coup que je lui porte : cette fois-ci, il s'écroule pour de bon. Ironie du sort : je tue des anges pour protéger des mortels.

J'oriente le canon de mon fusil sur une autre cible. Au moment d'appuyer sur la gâchette, je suspends mon geste. C'est elle ! C'est Lena.

Non. Je dois me tromper. Je baisse l'arme sur la horde angélique en focalisant mon regard sur celle que j'ai cru apercevoir. Deux silhouettes féminines courent encore vers nous. Fine. Petite taille. Chevelure brune. Yeux d'or. C'est bien elle, même si son visage est loin de celui que celui qui hante mes souvenirs. La voilà qui modifie le bâton qu'elle tient dans sa main droite pour le diviser en deux : des saïs. C'est ensemble que nous avons trouvé cette forme de poignard ressemblant à un trident, ce sont ses armes de prédilection. Il ne peut y avoir aucun doute, c'est bien elle, je l'ai enfin retrouvée !

Un coup de feu éclate sur ma gauche. Les sons que j'avais pendant quelques secondes occultés refluent brusquement. Je n'ai pas le temps d'avoir peur pour Lena que je la vois bondir sur le côté, évitant de justesse d'être touchée ; c'est à peine si elle a ralenti sa course. Au moment où je réalise qu'elle s'apprête à pénétrer dans le champ miné, les premières déflagrations éclatent, suivies d'une myriade d'autres. J'ai le réflexe de me baisser, évitant d'être touché par les éclats de roche propulsés aux quatre vents. Quelqu'un vient d'enclencher ce dispositif défensif dans le cas où une armée ennemie aurait réussi à passer le champ de gravats, lequel n'a pas du tout ralenti les anges : ils ont survolé, bondi au-dessus des plus gros blocs de béton. Lorsque je me relève et regarde par-dessus le parapet, je ne vois plus rien : un nuage de particules masque une grande partie de ce qui se trouve en contrebas. Par réflexe, je me recule, évitant de justesse le poignard qui m'aurait touché en pleine tête. L'ange qui l'a lancé apparaît. Un mâle. Son visage, le haut de son corps nu sont couverts de profondes entailles, de brûlures dues aux explosions, que je vois guérir à vue d'œil. Sans hésitation, je baisse mon arme et tire. Il tombe, enveloppé par la nuée de débris qui se dissipent ; révélant d'autres silhouettes qui gravissent la paroi de leurs mains nues. Parmi eux, il y a Lena.

Je sais alors comme une évidence que je vais perdre, que je vais mourir aujourd'hui même, puisque je ne pourrai pas me battre avec elle et encore moins la tuer. Cette pensée s'évapore au profit de l'action qu'il me faut mener pour éviter un coup porté par un autre de ses semblables. Il est l'un des premiers à atteindre notre position. Je ne peux plus tirer faute de munitions, et je n'ai pas le temps d'en demander à d'autres. De la crosse, je le frappe au visage. Il ne s'attendait pas à la force du coup porté, et n'a pas eu le temps d'affirmer sa prise. Sa main gauche lâche, et il se retrouve suspendu à un seul bras, que je frappe sans attendre. Sous l'impact, le manche explose contre la main de l'ange. J'ai tout de même obtenu le résultat escompté : il tombe. Je ne me fais aucune illusion, il ne lui faudra que quelques secondes pour se lancer à nouveau à l'assaut du mur d'enceinte. D'autres tentent de faire chuter les anges, en revanche je suis le seul à y être parvenu et une seule fois, les semblables ayant compris à qui ou plutôt à quoi ils avaient affaire. De ce fait, c'est non un, mais deux anges qui bondissent dans ma direction pour retomber sur leurs pieds devant et derrière moi.

Ils ne sont pas Lena ; rien ne me retient. Le combat s'engage. J'essaie d'éviter les lames qui manquent de justesse de m'entailler le corps ou de me couper un membre. Je bouge bras et jambes pour éviter leurs coups et en porter à chacun d'eux. Meyer m'avait mis en garde. En tant que déchu, je suis moins rapide et fort qu'eux. En revanche, il reste que je suis plus expérimenté qu'ils ne le sont : il a pu lui-même le constater lors de nos entraînements, les rares fois où il a bien consenti à y participer.

« N'hésite pas à ruser. C'est un avantage certain que tu auras sur eux. » J'utilise son précieux conseil pour tromper l'un de mes opposants. Je l'induis en erreur alors qu'il anticipe mon prochain mouvement. Pour le contrer, il se penche en avant. Là, je frappe du genou en plein visage. Il bascule en arrière, laissant une grande partie de son torse sans protection. Je saisis dans la mienne la main armée de son acolyte et, d'un mouvement brusque, plonge l'épée qu'il tient dans l'abdomen du premier. Surpris, il ne réagit pas immédiatement pour retirer la lame du blessé. Je n'attends pas qu'il le fasse, forçant sur la main armée pour remonter l'épée dans le corps de l'ange qui s'écroule, pratiquement coupé en deux. Et alors que l'autre le regarde agoniser en se demandant sans doute s'il ne vient pas de tuer l'un des siens, je l'abats de la hache que je viens de ramasser à mes pieds, abandonnée par celui qui se meurt.

D'autres arrivent, de nouveaux adversaires qu'il me faut combattre. Je suis de nouveau ce pour quoi j'ai été créé : une arme de guerre dénuée de conscience. Et dans ce combat, toute la tension accumulée au cours de ces derniers mois s'évacue à chaque coup porté. La ruse, voici ma nouvelle arme, que j'use à bon escient pour abattre tous ceux qui s'opposent à moi. Mes mouvements sont beaucoup moins rapides et fluides qu'avant, mais à présent je frappe pour tuer, ne retenant plus mes gestes comme je l'ai fait dans mes précédents duels qui m'ont opposé à des anges. Je tue avec autant d'efficacité possible. Je tue jusqu'à ce moment où je tranche la gorge de l'ange devant moi. Un flot de sang m'éclabousse le bas du corps. C'est alors que je me fige. Mon bras armé encore tendu, mes jambes pliées, mon corps légèrement penché en avant. Du blanc et du rouge. Le blanc de la tenue angélique, de ce teint d'albâtre, de cette chevelure d'un blond cendré, et ce rouge, ce flot qui s'écoule de cette plaie béante que je viens de tracer de mon épée. Je suis écœuré par ma propre violence.

C'est l'erreur que je commets. Je le sais à l'instant où éclate une douleur fulgurante dans mon dos. Mon corps réagit, lui. Il se projette vers l'avant avec l'intention de me défaire de cette épée que l'on vient de me passer au travers du corps. Une main qui s'abat sur mon épaule retient mon geste. La douleur devient supplice à l'instant où j'inspire. S'ajoute à cela le mouvement de la lame qui remonte. J'en perçois le moindre centimètre qu'elle parcourt dans mes entrailles, tranchant la chair, les nerfs, les os. J'ai si mal. Il me faut m'en libérer, mais comment quand je ne peux plonger dans la lumière ?

L'épée se retire. Je tombe à genoux, incapable de rester debout. Je porte ma main libre à mon abdomen et constate au toucher que la plaie ne se referme pas, que je saigne abondamment. Nouvelle inspiration, nouvelle douleur que j'arrive à peine à faire reculer pour me permettre de lever un bras et bloquer le coup ennemi.

Tout geste m'est difficile, et la force de l'ange face à moi est bien plus grande que celle que je lui oppose. Son épée se fige dans mon épaule droite, brisant net ma clavicule. S'il avait visé l'autre épaule, il aurait touché le cœur et je serais déjà mort. On intervient pour me sauver. Et à voir la lame céleste qui file au-dessus de ma tête pour se planter dans le corps de l'ange m'ayant blessé, j'ose croire que c'est Lena, qu'elle me protège. Cette pensée réussit à faire refluer en moi les forces qui m'avaient déserté. J'empoigne la main de mon adversaire que je remonte, afin de dégager sa lame plantée dans mon épaule. Bien que lui-même blessé, il ne se laisse pas faire. Le coup de pied qu'il m'envoie en pleine poitrine me projette en arrière, me libérant de son épée en moi. Je percute un autre être. Meyer. C'est lui qui tente de me sauver la vie. Ce n'était donc pas Lena.

19
L'ESPOIR

Il se relève bien plus vite que moi. À l'inverse de lui, ma blessure ne se referme pas immédiatement. Pour autant, je me force à lever le bras, à parer de l'épée que je n'ai pas lâchée celle de l'ange devant moi. Une fois, deux fois avant que Meyer n'intervienne. Je reste au sol à l'observer se battre à un contre trois et il paraît évident qu'il ne m'avait pas montré l'étendue de son savoir lors de nos entraînements. Sa technique, le moindre de ses mouvements, tout est parfait. Avec aisance, il arrive à bloquer les attaques de trois anges tout en me protégeant des coups qui me sont destinés. Par contre, il ne fait que parer, il n'attaque pas.

— C'est quand tu veux, petit ! me lance-t-il sans avoir à baisser les yeux sur moi.

Je viens plaquer ma main libre contre mon torse, le t-shirt imbibé de mon propre sang. La plaie se referme...

trop lentement. Et pourtant, je me relève. Du courage, de la détermination, de l'espoir de réussir, de l'amour voire de la haine envers son opposant, autant d'émotions qui peuvent pousser un homme à se relever, qui lui insufflent l'énergie nécessaire pour combattre malgré la douleur insurmontable. Dans cette situation, toutes les émotions que je ressens se révèlent être un bienfait, une force pour me permettre de me mettre dos à Meyer et d'entrer à nouveau dans le duel qui nous oppose à ces anges. Je fends et perce le corps de celui qui me fait face avant de ressortir la lame de son abdomen pour frapper encore et encore jusqu'à ce qu'il tombe enfin. Puis je m'attaque à un autre que retient Meyer. Il bloque deux autres le temps que je les tue tour à tour. Des cris éclatent en contrebas. Des anges ont réussi à passer en fonçant vers les femmes et les enfants regroupés sur le terrain. Mon acolyte n'attend aucun signal de ma part. À son tour, il bondit et descend rapidement les gradins pour se porter au secours des mortels. Ils ne sont pas les seuls qui ont besoin d'aide. Ceux qui se trouvent avec moi et qui ont réussi à survivre jusqu'ici continuent à se battre avec les anges retardataires. C'est en me tournant vers eux que je la vois.

Lena est l'un de ces deux anges restés en arrière. Elle ne me voit pas, car elle combat plusieurs hommes à la fois. J'hésite entre eux et elle. Mais c'est comme gravé dans ma conscience par la puissante entité qui m'a envoyé sur Terre : il me faut la protéger. À ce devoir s'ajoutent les sentiments que j'ai développés pour elle. Mais les hommes… C'est avec eux que je vis désormais, à eux que va mon devoir de protection. Lena n'est plus celle qu'elle était. Elle ne fait pas uniquement que se battre, se protéger, non, elle extermine, elle est l'un d'entre eux, l'un de nos ennemis.

Je retarde l'inévitable choix en attaquant le mâle. Je me bats pour protéger les mortels qui tombent un à un sous ses coups, je me bats parce que c'est ce que je sais faire de mieux. Mon adversaire est expérimenté et, étrangement, j'en éprouve un certain réconfort : cela prolonge notre affrontement et retarde celui qui m'attend avec Lena. Il lui faut redoubler d'efforts pour m'atteindre alors que je lui oppose de la résistance. À la différence de lui, je me bats non par devoir, mais pour vivre. Qu'importe les coups que l'on me porte, la douleur à endurer ou à causer, je suis plus que déterminé à vaincre mon ennemi. Je suis porté par toute la force que seul le désespoir peut insuffler chez un être capable de le ressentir. Il me faut de longues et douloureuses secondes pour enfin réussir à abattre mon opposant. Et lorsqu'il s'écroule à mes pieds, j'éprouve de la satisfaction, du respect pour lui, du soulagement d'avoir survécu et d'autres. À bout de souffle et ma main gauche plaquée contre mon abdomen, qui saigne encore malgré la plaie pratiquement refermée, je baisse les yeux à l'instant où la lumière s'éteint dans les siens.

Je n'ai pas le temps de m'appesantir sur son sort ni sur mes actes : un nouveau danger me guette. Je perçois l'arme qui se dirige droit sur mon dos. Un mouvement sur le côté et une rotation de poignet afin de faire tournoyer mon épée, et je bloque le saï que j'ai déjà reconnu. Lena n'attend pas pour m'attaquer à nouveau. À présent que je lui fais face, elle tente de plonger l'un de ses deux poignards à trois extrémités dans mon flanc. J'esquive le coup de la main libre et ensanglantée. Cette fois-ci, c'est ma gorge qu'elle vise. Elle apprend vite. J'applique une botte que je n'ai pas eu le temps de lui enseigner. Si je réussis à faire valdinguer son saï, en revanche, elle réussit à esquiver la suite de ma prise qui aurait dû la jeter face contre terre, ce qui m'aurait permis de la maîtriser. Le sentiment de fierté que je viens d'éprouver face à sa dextérité s'évanouit lorsque je croise son regard. Elle me fixe, m'étudie comme un ennemi dont il faut se débarrasser : voilà tout ce que je suis pour elle désormais.

Mais moi je refuse de la voir ainsi. J'en suis incapable. Son visage est si inexpressif qu'il me fait presque douter que c'est bien elle. Pourtant, j'ai gravé chaque trait de son visage, de son corps dans ma mémoire, et ce, avant même que je ne devienne un déchu. Elle était ma mission, mon devoir, puis elle est devenue autre chose pour moi. Elle est devenue quelqu'un d'important.

Un combat s'engage. Ses mouvements sont vifs, son corps souple qui ondule se dérobe, me tourne autour pour planter le saï qu'il lui reste dans ma chair. Je frappe à mon tour, enfonçant mon épée en elle, traçant des lignes ensanglantées pour l'affaiblir, sans la blesser mortellement.

Elle s'arrête. Moi aussi. Elle n'attaque plus. Pourquoi ? Son souffle est plus rapide qu'il devrait l'être au vu de sa condition. Les plaies que je viens de lui infliger se referment déjà sur ses bras et son ventre, seules parties non protégées par la tunique à manches courtes qui moule son buste, son pantalon et ses bottes. Elle n'y accorde aucun regard, car ses yeux dorés sont fixés sur moi ; elle guette le moindre de mes mouvements. Je ne bouge pas. Quelques secondes s'écoulent qui me semblent pourtant durer des minutes.

— Lena.

J'ai soufflé son nom si bas qu'elle doit être la seule à l'avoir entendu. Mais elle ne réagit pas. J'attends qu'elle me prouve que j'ai raison d'espérer. Est-elle toujours la femme que j'ai connue ? Je sais bien que non. Comment pourrait-elle l'être alors qu'elle n'est plus une femme, qu'elle ne l'a jamais vraiment été ? Elle est un ange, la dernière de son espèce à être encore en vie en ce lieu. Nous sommes pour l'instant seuls, elle a abattu les derniers hommes qui avaient survécu jusqu'ici alors que je m'occupais de son semblable. Je ne m'étais pas attendu à la revoir, pas en ce jour, lors d'une attaque ennemie sur notre camp. Je n'étais pas préparé à cela. Que dois-je faire ? Que se passera-t-il lorsque des mortels arriveront jusqu'à nous pour l'éliminer ? Devrai-je m'interposer ? Les blesser, peut-être même les tuer pour la protéger, elle ? Ou bien prendrai-je la décision de mettre fin à sa vie pour préserver celles encore nombreuses de ceux faisant partie de ma communauté, de ma nouvelle caste ? En serai-je seulement capable ?

— C'est... Caliel.

Je commence avant d'accélérer, le manque de temps pressant mes mots.

— Souviens-toi, Miami. L'attaque de cet homme le jour où les anges sont tombés. Puis dans la ville où nous nous sommes tous deux cachés. Le phare, la plage, mon procès et lorsqu'ils t'ont tuée. Tu es morte puis tu es revenue à la vie. De Néphilim, tu es devenue ange. Tu te souviens ? Tu dois t'en souvenir. Cela s'est passé il y a si peu de temps...

Je continue de lui parler, de lui raconter ce que nous

avons vécu, notre histoire. Le pouvoir des mots. Je l'ai vu à l'œuvre, je veux croire que cela fera revenir vers moi, revenir à la vie la Lena que j'ai connue. Qu'elle ne restera pas cet être vide de vie, d'émotions. Je parle comme jamais je ne l'ai fait avec quiconque. Mais rien ne la fait réagir, aucune expression ne s'affiche sur son visage que j'ai autrefois trouvé si doux. Et ce silence qu'elle conserve est pesant, tellement désespérant.

Des gens montent. Ils arrivent. Ils seront sur nous dans quelques secondes.

Que faire ?

Je refuse qu'elle tombe entre leurs mains. Je refuse de la voir mourir sous mes yeux.

— Va-t'en ! Fuis...

Enfin, elle a une réaction. Elle tourne la tête vers l'endroit par lequel elle et ses semblables sont arrivés, par-delà ces murs, vers le reste du monde. Je vais la perdre. C'est déjà exceptionnel que nous ayons pu nous retrouver vu l'immensité de ce territoire. Son regard se porte vers la direction opposée, et moi je ne peux m'empêcher d'observer un bref instant ses cheveux bruns qui volettent au gré de la brise qui souffle. Puis je note le mouvement de ses jambes, la direction qu'elle s'apprête à prendre.

Elle a une mission.

Sans réfléchir, je m'avance pour venir me mettre entre elle et les mortels qu'elle se doit de tuer. La force qu'elle met à me projeter en arrière me surprend et me propulse à plusieurs mètres dans les airs. Et alors que je m'apprête à tournoyer sur moi-même pour retomber sur mes pieds, une prise sur mon épaule droite m'en empêche et me fait redescendre bien plus vite sur terre. Avec fracas, je percute l'arête en béton d'un gradin. La douleur éclate, j'ai la sensation que l'on vient de me briser la colonne vertébrale, ce qui est probablement le cas. Noyé dans la souffrance, je ne réalise pas immédiatement qu'une main enserre ma gorge, me privant d'air. J'ouvre les yeux et rencontre les siens fixés sur moi alors qu'elle me surplombe. Je me suis interposé entre elle et sa mission. Pourtant, je l'ai vu : le temps d'un instant, elle a cessé le combat. Elle a cessé de vouloir ma mort.

De sa main libre, elle repousse avec facilité ceux qui accourent vers nous. Ces corps disparaissent de ma vue, précipités vers le bas. Une détonation éclate, puis une seconde. Lena s'écroule sur moi. Je l'empêche de glisser en plaquant une main sur son dos. En même temps, ce mouvement prouve que ma blessure n'est pas si grave que je le pensais. Sous mes doigts, je perçois le sang qui s'écoule d'une plaie dans son dos. On tire à nouveau sur elle avant que la voix impétueuse de Meyer n'intervienne. Mais la balle en argent a eu le temps de la toucher. Elle aurait pu traverser son corps et m'atteindre. Aucun impact ne se fait sentir. Entraîné par le poids de Lena, je glisse et retombe avec elle sur le niveau au-dessous. Son souffle est saccadé. Elle souffre. Elle agonise, l'argent empêchant son corps de se régénérer. Je veux l'aider. Je veux lui extraire ces balles afin qu'elle vive, que j'aie une chance de la faire redevenir celle qu'elle était. Allongée à côté de moi, elle lève les yeux vers mon visage. C'est alors que je vois quelque chose dans ses yeux d'un doré lumineux. J'y ai cru si fort, et pourtant je sais que ce n'est juste pas possible : une fois que l'ange nouveau-né a perdu tout ce qui lui reste d'humanité, de sentiments, il ne peut plus revenir en arrière. Mon imagination me jouerait-elle encore des tours en me faisant croire ce que je désire si fort ?

— C'est Lena, dis-je à Meyer qui remonte les dernières marches nous séparant des mortels. Ne la tue pas !

— Caliel…

Mon nom n'est qu'un murmure, et pourtant il raisonne comme si elle venait de le crier.

LES RETROUVAILLES

Elle est là. C'est bien elle.

Elle me fixe avec cette même tendresse qu'elle le faisait autrefois. Une part de son humanité demeure encore en elle. Mais je remarque que bien vite son regard se durcit, se vide de toute émotion. Je la perds, encore une fois. Non ! Pour la retenir, je lève une main pour la poser sur son visage et lui ordonne :

— Reste avec moi.

— Caliel ?

À nouveau, sa voix n'est pas si faible, si hésitante.

— Oui. C'est moi. C'est Caliel.

Que puis-je lui dire pour la forcer à rester à mes côtés ? L'éclat lumineux se fait plus fort dans ses prunelles, c'est le signe qu'elle se laisse envahir par sa lumière, sans doute pour étouffer la douleur due aux multiples impacts des balles d'argent qu'elle a reçues.

— Je vais te soulager.

Je me force à me relever, mais ne réussis pas à m'accouder. C'est néanmoins suffisant pour avoir une vue d'ensemble sur elle allongée à mes côtés. Je repère le premier impact de balle au niveau de son abdomen. Sans attendre, je force l'entrée du trou de mes doigts. Elle ne s'agite pas, ne dit rien tandis que je fouille dans ses chairs pour me saisir du projectile, que je retire d'un geste sec.

— Qu'est qu'il fait ?

Celle qui vient de parler n'a pas besoin qu'on réponde à sa question ; elle sait. Déjà elle braque son pistolet. Pas sur Lena, mais sur moi.

— C'est l'un des leurs, s'écrie un autre sur un ton hargneux.

D'autres voix abondent dans son sens. Nous sommes en danger. Il me faut la protéger. Je cherche déjà la meilleure façon d'y parvenir : sans doute en tuant ces gens.

— Je t'ai attendu, mais tu n'es pas venu me sauver.

Face à ces mots soufflés par Lena, j'oublie le tumulte autour de nous, et le danger qui nous menace.

— Je t'ai attendu, répète-t-elle encore.

— Je... je t'ai cherchée...

« Et j'ai échoué », aurais-je dû ajouter, mais je n'en ai pas besoin : les faits parlent d'eux-mêmes. Elle était avec les anges, et moi j'étais avec les hommes. Et pourtant, il suffit de les entendre pour savoir qu'ils sont en train de se retourner contre moi, qui viens pourtant de me battre pour leur survie en tuant nos ennemis, leurs ennemis. À nouveau je doute, je me demande si j'ai bien agi, si le camp que j'ai choisi était le bon. La sensation douloureuse de n'appartenir à aucun camp, d'être seul, d'être perdu ressurgit. Mais la voix de Meyer me rappelle que je ne suis pas unique, que d'autres déchus existent. D'un ordre sec, il fait taire les grognements de la foule. Il me protège comme il l'a fait depuis notre rencontre.

Pendant ce temps, Lena a eu le temps de se débarrasser de la seconde balle reçue dans le bas du dos. Et un regard sur elle me fait réaliser que ce n'est qu'une question de secondes avant qu'elle ne soit totalement guérie. Que fera-t-elle alors ? C'est la question que je me pose à l'instant où, d'un bond athlétique, elle se retrouve debout. En quelques mouvements, elle a réussi à désarmer ceux qui nous menaçaient, propulsant les plus belliqueux au loin. Elle a agi pour me protéger de la manière la plus efficace qui soit, et en cela elle a fait mieux que moi. Mais soudain elle retourne l'arme qu'elle vient d'arracher à l'homme à terre contre lui.

— Non !

C'est moi qui viens de crier cela.

Elle se fige. Je la vois qui observe ceux qui nous entourent. Elle baisse l'arme, pousse un soupir. Elle renonce à faire du mal à ceux qui se trouvent encore debout autour de nous. Parmi eux, Meyer est le seul qui ose prendre la parole face à l'ange devant lui.

— C'est impossible…

Sa voix trahit pour la première fois de la stupéfaction.

— Elle est encore là, son humanité, dis-je.

— C'est impossible, réplique-t-il avec plus de fermeté. Tu m'as dit que cela fait plus de 18 mois qu'elle est un ange.

Il continue de fixer Lena tandis que je me redresse avec beaucoup de difficulté :

— C'est vrai.

— Elle a tué, reprit-il.

— Oui, dit Lena, devançant ainsi ma réponse.

— Elle a plongé dans la lumière…

— Oui, répond-elle à nouveau. Je l'ai fait pour ne plus souffrir.

— C'est bien Lena, intervins-je. Un ange ne se serait jamais justifié ainsi et tu le sais.

— C'est…

« Impossible », c'est le mot que retient Meyer alors qu'il contemple l'ange à ma gauche d'un air éberlué.

Impossible et pourtant. C'est bien elle qui tourne son visage vers le mien, son regard qui plonge dans le mien. C'est ma Lena.

— À moins que...

Elle hausse un sourcil. Aussi infime sa réaction soit-elle face à l'expression pensive de Meyer, elle vient pourtant d'exprimer une émotion. Mais alors, le déchu a les yeux fixés sur le sol entre nous. Il réfléchit sans dire autre chose.

— Meyer.

C'est bien la première fois que je dois le rappeler à l'ordre pour s'être plongé dans ses pensées. Devant l'intérêt que porte Lena à mon semblable, j'attire à nouveau son attention sur moi en lui expliquant :

— Meyer est bien plus vieux que moi.

— À la différence des mortels, je ne prends pas cela pour une insulte, bien au contraire, ajoute-t-il en retrouvant cette légèreté qui le caractérise même lorsqu'il dit des choses graves.

Je reprends :

— Tu ne nous as toujours pas dit ce que tu as en tête pour expliquer pourquoi Lena est encore capable d'avoir des sentiments.

— Elle n'est peut-être pas un ange.

— Que veux-tu qu'elle soit ?!

Lena est surprise par l'éclat de colère accompagnant mes mots. Son regard me calme immédiatement. Je ne veux pas qu'elle me voie ainsi, incapable maîtriser mes humeurs. Je ne veux pas qu'elle découvre celui que je suis devenu sans elle, à savoir l'ombre de moi-même. Inspiration. Expiration. Bien. À présent calmé, je peux réfléchir sans entrave. Je laisse exprimer à voix haute le raisonnement auquel m'a amené ma réflexion :

— Tu n'as pas à l'idée qu'elle est devenue un archange… ?

— Toi-même tu m'as dit que c'est une puissance qui t'a ordonné de descendre sur Terre afin de la protéger et...

Meyer s'arrête devant l'effet que cette révélation produit sur moi, et plus encore sur Lena vers lequel tous deux nous nous tournons. Je peux presque voir le flot d'émotions qui la parcoure au moment où elle apprend cette nouvelle. Quant à moi, j'éprouve un certain remords de provoquer chez elle le trouble, la peine, alors qu'elle doit à cet instant remettre en cause ce que nous avons partagé, mon intérêt pour elle. Mais c'est surtout de l'inquiétude que je ressens quant à sa réaction.

— Len...

— C'est cela que tu m'as caché durant tout ce temps ?

me coupe-t-elle.

Sa voix est basse. Le ton monocorde. Sa posture aussi ne reflète aucune émotion. Seuls ses yeux dorés me prouvent qu'elle ne s'est pas retirée dans la lumière, qu'elle est là.

— Je ne pouvais rien te dire. Cela faisait partie de ma mission.

— Ta mission ?

— Tu étais... ma mission, Lena.

Je comprends à l'instant où j'avoue enfin ces mots que c'est une erreur. Il faut que je lui explique, que je trouve les bons mots pour lui faire comprendre ce qu'elle est devenue pour moi.

— Tu étais ma mission, mais tu es devenue bien plus que cela depuis que je suis capable d'avoir des sentiments.

— Mais avant cela, tu n'as fait qu'obéir aux ordres même en tuant ces anges pour me sauver ? Tu ne faisais qu'obéir, finit-elle par comprendre.

Je hoche la tête. C'est la vérité. Ce qui me touche, c'est qu'au lieu de se soucier de son cas, de ce que Meyer a supposé et qui est sûrement vrai, elle se préoccupe de moi. Lena, un archange ? Comment cela se peut-il ? Comment ne l'ai-je pas vu ? Comment aurais-je pu me douter qu'elle était prédestinée à en devenir un ? Je n'avais même pas réalisé qu'elle était alors une Néphilim. Elle n'était pour moi qu'une mortelle parmi tant d'autres, une mortelle qu'il me fallait protéger. À aucun moment je ne m'étais interrogé sur les motifs de la Puissance qui m'avait donné un tel ordre. Uniquement obéir sans remettre en question. Puis on l'avait tuée. Cet acte avait été dicté par Mickaël. Savait-il lui-même à ce moment-là qu'il ferait d'elle l'une de ses semblables ? Une égale ? J'ai beau encore posséder le savoir de l'être céleste que j'étais, il y a tant de choses qui me restent inconnues, inaccessibles. Ce que je sais, en revanche, c'est à quel point il est rare de voir la naissance d'un nouvel archange. Est-ce une bonne ou une mauvaise chose pour l'équilibre du Tout ? Tellement d'archanges ont disparu ! Seuls Mickaël, Gabriel et Samhael ont survécu. Comptent-ils un nouveau membre ? Et qui plus est, un membre féminin ? Lena ne serait certes pas la première de son espèce. Lena. Non. Lenael : la lumière de Dieu. L'intervention de Meyer met un terme à mes réflexions.

— Il a été injustement déchu.

Le regard que je lui lance est un avertissement. Il décide de l'ignorer et ajoute :

— Si vous êtes un archange, vous seul pouviez le libérer de ce châtiment auquel il a été soumis de passer l'éternité sur Terre.

Je n'avais pas réfléchi à cela. Elle pourrait me réhabiliter, m'élever à nouveau, grâce au pouvoir qu'elle possède à présent... si elle est bien un archange. Était-elle vraiment l'une des leurs ? Elle conserve ses émotions, certes, mais peut-être faut-il plus de temps à la lumière pour effacer les dernières traces d'humanité qui restent en elle. Tout s'embrouille dans ma tête. J'ai besoin de me raccrocher à quelque chose, au présent. Sans réfléchir, je tends une main vers Lena et me saisis de l'une des siennes, si frêles, si petites. Elle ne refuse pas mon geste, accepte que je la détourne de Meyer pour la placer face à moi. Je ne veux voir qu'elle. Lena se rapproche si près que son corps s'accole au mien. Ses mains se posent sur mon torse et, comme autrefois, ce simple effleurement déclenche des vagues de frissons, de sentiments qui se fracassent sur ma conscience, la noyant dans des flots émotionnels tempétueux, violents. Son visage se lève vers le mien, si près que son souffle caresse ma peau, accélérant les battements de mon cœur.

— Lena.

Ce qu'elle est, ce que je suis, le monde autour de nous, plus rien n'a d'importance, plus rien n'existe. Elle seule existe. Aussi doucement qu'il m'est permis, j'encadre de mes mains son beau visage. Je la sens frissonner tout contre moi. Je ne désire qu'une seule chose, poser mes lèvres sur les siennes. Mais alors sa bouche se détourne.

Elle s'est saisie de l'une de mes mains pour lui permettre d'y apposer un baiser dans la paume. Personne ne m'a jamais touché ainsi autant physiquement qu'émotionnellement. Elle tourne la tête alors qu'elle vient d'enrouler sa main libre sur mon second poignet comme le premier pour y apposer ses lèvres dans ma paume, faisant fi du sang qui la recouvre. Mais au moment où ses yeux cherchent les miens, je peux voir la lumière qui les remplit. « Ange, à nouveau. » C'est la pensée que j'ai avant que n'éclate l'incommensurable douleur. Je me jette en arrière afin de me libérer de sa prise, de la souffrance qui irradie de mes poignets, là où elle m'agrippe, avant de se propager au reste de mon être. Fortement penché en arrière, je ne peux m'empêcher de crier vers le ciel d'un bleu pur avant que la lumière n'emplisse mon champ de vision.

Il me faut un moment avant de réaliser qu'elle ne me tient plus, que je suis à genoux devant elle, tentant de retrouver un semblant de souffle et de force. Et lorsque j'arrive enfin à lever la tête, j'ai des difficultés à la voir tant elle est noyée dans la lumière. Je reste là, le visage levé vers elle, haletant jusqu'à ce que son aura d'un blanc pur décroisse et la révèle enfin. Ce qui me frappe, c'est la présence de ces deux immenses ailes dont elle est à présent dotée. Immédiatement, je baisse la tête pour marquer mon respect face à la présence d'un archange parmi nous, un ancien réflexe de l'ange que j'ai été. C'est alors que je la sens : la lumière en moi. Je lève immédiatement les yeux, n'osant croire qu'elle vient de me la rendre, qu'elle vient de faire à nouveau de moi un ange. Et pourtant, je ne peux nier celle que je vois devant moi, je ne peux ignorer ce que je viens de retrouver et qui pulse dans mon être. Je laisse la lumière m'envahir pour accélérer la régénération de mon enveloppe charnelle. Les ailes de Lena se replient, puis elle pose un genou au sol pour se mettre à mon niveau. Alors elle me confie :

— Je le savais.

Alors que je lève les yeux vers elle, elle ferme les siens tout en portant une main à sa poitrine avant de me répondre :

— La lumière. Elle me parle.

Seuls les archanges peuvent percevoir le message dans la lumière. Je hoche la tête, mais elle ne peut pas vraiment voir mon geste.

— C'est... récent, m'explique-t-elle. J'ai cru au début que cela venait des autres anges, de l'archange Mickaël, mais quand j'ai compris que j'étais la seule à entendre son message, j'ai compris que c'était autre chose. Jusqu'ici, j'ai toujours refusé de suivre ce qu'elle me disait.

Elle ouvre à nouveau ses grands yeux mordorés avant

qu'un sourire ne vienne éclairer son visage. Les archanges sont les seuls à être dotés de libre arbitre, c'est ce qui leur permet de prendre des décisions. Ils sont les seuls à encore posséder des émotions pour ressentir le poids de leurs actions. Lena est un archange. Elle vient de le prouver en me rendant ma lumière, mon statut, ma place dans le royaume céleste. Au moment où je réalise que nous pouvons être à nouveau ensemble, pour toujours, je prends la mesure que tout cela implique : Cal disparaîtra au profit de Caliel. Je vais perdre ce qui me rattache à elle : mes sentiments. Très bientôt, ils m'échapperont, ils disparaîtront, faisant de moi à nouveau un ange, un être incapable de l'aimer. Et pendant que je fais ce triste constat, ce cruel constat, elle continue ses confidences :

— Nous avons entendu parler de ce fort, du déchu qui y résidait. J'ai espéré que ce soit toi. Tout au fond de moi, j'ai espéré. T'en rends-tu compte ? J'étais encore capable d'avoir des sentiments. J'ai eu la certitude que j'étais différente des autres, que je les ai malgré tout suivis jusqu'ici... pour te trouver.

Elle me regarde à nouveau, baisse les yeux vers mon torse, observe ce qui reste de mon t-shirt, mon jean ensanglantés et à de multiples endroits entaillés avant d'ajouter :

— J'ai essayé de te tuer. J'ai... tué.

Ses yeux cherchent les miens. J'y lis le désarroi. J'aimerais lui dire que ce n'était pas elle, qu'elle a semble-t-il dû avoir des moments où elle est devenue une autre, un ange sans émotions. Je comprends sa détresse tandis qu'elle doit prendre conscience de tout ce qu'elle a enduré, ce qu'elle a fait depuis notre séparation. Moi-même, j'ai encore beaucoup de mal à surmonter ce qui m'arrive, et par-dessus tout la gravité de mes propres actes. Lena ferme les yeux... Je l'empoigne par les avant-bras, ne voulant pas que la lumière dans laquelle elle puise pour surmonter l'abattement, le chagrin, la peur, la colère et la culpabilité ne la transforme à nouveau en cet être froid qui effectivement a voulu me tuer, incapable alors de me reconnaître. Son visage qui devient lisse de toute expression me fait douter de parvenir à la ramener vers moi. Mais alors, elle me murmure :

— Ça va, Caliel. Je suis toujours là.

Ses yeux s'ouvrent, et je vois qu'elle est bien là. Je suis rassuré. Me reviennent alors mes propres émotions.

— Lena.

Dans son prénom, je lui transmets mon désespoir, celui que je suis encore capable d'éprouver. Ses mains viennent m'encadrer le visage comme je l'ai fait un peu plus tôt avec elle. Ses lèvres viennent se poser sur les miennes dans un baiser que j'aurais voulu lui donner, mais je n'en ai pas eu le temps, le courage. Je me redresse, enroule mes bras autour de son buste pour la plaquer contre moi et l'embrasser comme j'ai tant de fois voulu le faire, rêvé de le faire, comme si d'un instant à l'autre je pouvais me retrouver dans l'incapacité de le faire... ou plutôt de ne serait-ce que le vouloir. Elle seule arrive à me faire oublier le monde, jusqu'aux conséquences de son geste qui vient encore une fois de changer le cours de mon existence. Depuis notre rencontre, cette existence est devenue chaos, et en même temps si vibrante, si vivante. Lorsque nos lèvres se séparent, ce n'est que pour mieux nous laisser nous accrocher l'un à l'autre, ses mains agrippées à présent à ma nuque, et les miennes à ses hanches.

— Je sais, me souffle-t-elle alors à l'oreille.

— Pourquoi ?

Comment un unique mot peut-il résumer toutes les questions que je veux lui poser et toutes les émotions qui en découlent ?

Mais c'est le seul qui me vient.

— Ton ami a raison. Ton châtiment était injuste.

Je m'écarte légèrement pour la regarder droit dans les yeux et lui rétorque sèchement :

— Ce n'était pas à toi de prendre cette décision.

La colère, toujours prête à enflammer mon âme. Très

bientôt, j'en serais débarrassé, et brièvement j'en éprouve même du soulagement, mais alors, Lena me lâche, se relève, me jauge sévèrement alors que je me tiens encore à genoux, devant elle. Sur un ton que je ne le lui reconnais pas, elle réplique :

— C'est là que tu te trompes. Je suis un archange. Il est de mon devoir de juger tes actes, ange. J'ai pris ma décision.

ÉPILOGUE

— C'est ma vie !

Comme il est ironique qu'aujourd'hui je m'accroche à celle-ci. Est-ce que je souhaite vraiment redevenir un déchu ? Est-ce que je regrette vraiment cette vie, cette déchéance, cette éternité à passer sur Terre ? Lena s'est-elle posé ces mêmes questions avant d'agir en me rendant ma grâce ?

— Je ne pourrais plus t'aimer, finis-je par dire.

Son visage, son regard s'adoucissent, elle me souffle :

— Mais tu seras avec moi... pour toujours.

Son argument m'interpelle, me pousse à réagir. Je me lève, j'ose me mettre au même niveau qu'un archange. C'est qu'elle est bien plus que cela pour moi, tout du moins pour l'instant.

— Tu sais que c'est faux. Je ne serai plus vraiment... celui que je suis devenu.

— Je sais.

Nous nous regardons à nouveau avant que je ne desserre les poings, que je relâche toute la tension qui habitait mon corps. Je laisse tomber cette discussion entre nous. J'abandonne cette vie qu'il m'a été permis de vivre et celui que je suis devenu grâce à elle. Pour la première fois de toute mon existence, je m'avoue vaincu. De toute façon, je n'aurais pu supporter de vivre des milliers d'années sans elle à mes côtés, alors à quoi bon être capable d'avoir des sentiments en sachant que tout ce qui m'attendait ne se résumait qu'à un profond sentiment de solitude, à une tristesse sans fond, et cette colère qui m'aurait rongé de l'intérieur. Je lève les mains, observe mes poignets : les marques de brûlures, souvenir de mon châtiment, ont disparu. Les mains de Lena s'enroulent une nouvelle fois autour de mes poignets, d'un geste plus doux que la première fois, puis elle me confie :

— Toi, tu ne m'aimeras plus, mais moi je t'aimerai pour l'éternité.

Je lève les yeux vers elle et réalise que ce qui l'attend sera bien plus tragique que le destin qui sera mien. Elle m'a libéré, elle m'a élevé afin de me rendre ma grâce en sachant ce qui l'attendait : un amour à sens unique, car je serai incapable de l'aimer de par ma nature angélique retrouvée. Et malgré cela, elle trouve la force de me sourire.

— Caliel ?

J'avais oublié que nous n'étions pas seuls. Je me tourne vers Meyer, marque la surprise. Il se tient là, un genou posé au sol. Son regard va de moi à Lena qui vient prendre place à ma droite.

— Je sais que je ne suis pas en droit à vous demander cela... mais... je vous en supplie, j'en ai assez de cette vie. Je veux redevenir celui que j'étais. Je ne désire qu'une chose : pouvoir retourner chez nous.

Je ne peux être indifférent aux supplices de Meyer du fait que je le connais, de ce qui nous lie, mais surtout, parce que moi aussi j'ai éprouvé ce qu'il ressent. Et comparé à sa très longue existence vécue sur Terre, je n'ai été soumis à tout cela qu'un si bref instant.

— Caliel ?

Je me tourne vers Lena qui à son tour vient de m'appeler. Elle me regarde, elle attend quelque chose de moi. Mais ce n'est pas à moi de décider :

— Cette décision te revient.

Je me rends bien compte de la lâcheté dont je fais preuve en disant ces mots. Je reporte mon attention sur Meyer. Nul jugement condescendant ne me vient le concernant, lui qui est encore un déchu. Plus que cela, j'éprouve du respect pour lui qui s'est à de nombreuses fois battu pour moi. Il m'a protégé, il m'a guidé.

— Je pense qu'il mérite de retrouver la grâce.

— Tu en es certain ? insiste-t-elle, hésitante.

Lena a beau être un archange, elle est encore cette innocente et fragile jeune fille que j'ai rencontrée. Mais alors, ses grandes ailes se déploient. Elle ne semble nullement gênée par leur présence, se mouvant comme si elle les avait toujours possédées. Plus que cela, elle ne s'en émerveille ou ne s'en inquiète pas. Leur présence la laisse indifférente. Elle n'est plus vraiment la même, finalement.

— En es-tu certain ? répète-t-elle, me pressant de lui répondre.

Me revient en mémoire tout ce que Meyer a fait pour moi, pour les autres. Toutes ses actions ont contribué au bien de tous.

— Oui.

Je ne doute plus. S'il y a bien une personne en qui j'ai confiance, c'est Meyer. Lena s'avance, vient prendre place entre le déchu encore agenouillé et moi. J'entrevois de chaque côté de la fine silhouette de Lena ses bras, qu'il lève vers elle dans une supplique implorante. Comme avec moi, elle enroule ses doigts autour de ses poignets et ses ailes majestueuses qui se déplient ne me permettent plus de voir ce qui se passe jusqu'à ce qu'un faisceau de lumière ne transperce les nuages pour descendre vers Meyer et l'archange qui lui redonne sa grâce. La lumière décroît. J'ai à peine le temps d'apercevoir à nouveau les ailes de Lena que la lumière augmente à nouveau brusquement jusqu'à l'implosion.

Je suis projeté dans les airs. Mon corps ricoche plusieurs fois sur le béton, je suis incapable de me diriger tant mon environnement est encore saturé de lumière. Je retombe, et cette fois-ci ma chute est arrêtée par une rangée de sièges en plastiques. Je sais alors que je me trouve tout en bas des gradins, seule rangée à avoir encore conservé ces chaises. Je n'ai d'autre choix que de plonger dans ma lumière pour guérir mon corps des multiples fractures. Mon état émotionnel diminue en conséquence mais, au vu de la situation, cela rend mes réactions plus rapides. Je suis debout et cherche des yeux la cause de cette explosion. Rien ne se trouve à l'endroit où nous nous tenions un instant plus tôt. Pas de Lena. Pas de Meyer. Eux aussi ont dû subir le souffle de cette explosion. Mais un cri me fait lever la tête vers le ciel. Là, une silhouette qui chute avec grande rapidité. Je cours déjà, mais ne peux empêcher Lena de s'écraser sur le terrain. L'impact a été si important qu'un cratère en marque l'emplacement. Je m'y précipite et la trouve, gisant là, inconsciente.

— Laisse-la.

Cet ordre est celui de Meyer. Je lève les yeux vers lui.

Il vole.

Il a des ailes.

Il est un archange.

Il m'a dupé.

Je me redresse et crache, les poings serrés :

— Qui es-tu vraiment ?

— Allons. Tu n'as pas une petite idée ? me dit-il alors sous le ton de l'humour. Pourtant, peu des miens ont été déchus.

Des archanges déchus. La Grande Guerre. Le temps qu'il a passé sur Terre pour son châtiment a été bien plus long que ce qu'il m'a affirmé. Mensonge. Duperie.

— Lucifer...

— Évidemment, souffle-t-il l'air navré, ses grandes ailes blanches battant pour le maintenir dans les airs, hors de ma portée. Dès qu'on parle d'archange déchu, on pense à mon frère. Pourtant, il est beaucoup moins rusé que moi, n'est-ce pas ?

— Belzébuth !

Il pose une main sur sa poitrine en déclamant :

— Pour te servir, l'ami. J'ai cru que jamais cet instant n'allait arriver, pourtant ce n'est pas faute de l'avoir précipité.

— Fort heureusement, Père m'a doté de la plus grande

des qualités : la patience. Merci, Père ! dit-il en levant les yeux vers le ciel.

Puis il sourit et reporte son attention sur moi. Ce qui est le plus angoissant, c'est le fait qu'il paraisse comme avant : il porte toujours sa tenue de mortel, jean et chemise noire. Pourtant, ses deux immenses ailes blanches de part et d'autre de son corps et cette aura qui l'entoure ne mettent aucun doute sur qui il est. Il n'a pas rajeuni. Il conserve des traits communs qui dissimulent si sournoisement la vraie nature de cet archange qu'il faut redouter le plus.

— Entre nous, celle-ci n'est pas très maligne. Autant être honnête, je comptais là-dessus. « Caliel, mérite-t-il que je lui redonne sa grâce ? »

Cette dernière phrase a été dite avec la même voix et le ton qu'aurait employés Lena. Mais pas de doute, elle vient de sortir de la bouche de Meyer ou plutôt Belzébuth. Il ajoute :

— Affligeant, vraiment. Et je n'ai eu qu'à te confier cette petite mission de la « protéger », continue-t-il en mimant de ses mains des guillemets sur ce dernier mot. Puis de faire en sorte que tu tues pour elle. On peut toujours compter sur l'inflexible Mickaël pour qu'il rende justice *illico presto* en te faisant chuter. Le reste a été d'une simplicité enfantine puisque vous étiez toi et elle ensemble. Ce qui m'a le plus dérangé, ce sont ces hommes qui vous ont séparés. Bah... il faut toujours qu'ils se mêlent de ce qui ne les regarde pas. Ça n'a eu pour conséquence que de retarder mon plan. J'ai joué avec l'esprit de ce garçon, Matt, pour qu'il te trouve et te guide à moi. Puis je me suis montré si gentil, si prévoyant, l'un des meilleurs rôles que j'ai joués. Ce n'était qu'une question de temps avant que ton aimée ne décide de venir jusqu'à nous, appâtée par la présence d'un déchu pouvant être son Caliel. C'est si... romantique.

— C'est toi qui m'as donné cette mission ?

Il roule des yeux avant de poser les mains sur les hanches pour me regarder d'un air navré.

— Tu n'es vraiment pas très intelligent, toi ! Tu vas me dire, ça je le savais. Je t'ai choisi.

Il se met à rire.

— Pour répondre à ta question : disons que j'ai fait appel à l'un de mes amis restés en haut pour qu'il te donne cette mission. Vois-tu, il existe beaucoup des nôtres qui n'attendent que mon retour pour se rallier à moi.

Toutes ces informations qu'il me donne. Pourquoi ? Est-ce un nouveau piège ?

— Pourquoi me confier tout cela ?

— Mince. Tu fais bien de me le rappeler. C'est l'un de mes petits défauts que j'ai développé sur cette bonne vieille Terre : l'orgueil, avoue-t-il en toute honnêteté avant de venir se poser à quelques mètres devant moi.

Brièvement, je baisse les yeux sur Lena. Elle est toujours inconsciente. Elle aurait dû revenir à elle-même avec la chute qu'elle vient de faire. Lorsque je regarde à nouveau Meyer/Belzébuth, s'est pour constater qu'il observe le ciel. Il attend quelque chose ou quelqu'un. L'un de ses semblables : Mickaël. Immédiatement, je plonge dans le flux télépathique, pour avertir mes frères et sœurs de la réapparition de Belzébuth. Aucun d'eux ne remet en doute ma parole. Ils me demandent seulement sa localisation, et je la leur donne. Je précise qu'il est redevenu archange. Le silence, voilà ce qui suit ma déclaration avant qu'une voix impérieuse, celle de notre chef, me demande comment Belzébuth a pu retrouver sa grâce. Réalise-t-il qu'il n'est pas le seul ? Pour lui, je ne suis qu'un ange parmi tant d'autres. Il ne doit même pas se souvenir que c'est lui qui m'a déchu il y a peu.

— Mon frère n'a vraiment pas l'air content de savoir que je suis de retour... ou tout simplement encore en vie. Ça fait plaisir.

Meyer/Belzébuth sourit. Il a suivi ce qui vient d'être dit dans le flux télépathique sans pour autant intervenir pour m'empêcher d'avertir mes frères et sœurs des événements qui viennent de se produire ou plutôt qu'il vient de déclencher. Me parvint l'ordre répété de Mickaël qui exige une réponse de ma part.

— Je t'en prie, répond lui, m'invite Meyer. Mon frère ne possède aucune patience.

Je m'exécute. Je suis obligé de révéler l'existence du nouvel archange Lenael, si celle-ci n'a pas été déjà perçue par les autres. Je me dois aussi de lui parler notre responsabilité à elle et à moi d'avoir redonné son plein pouvoir à l'un des plus grands ennemis que le monde céleste n'a jamais eu à affronter. Le silence accueille mes explications. Aucun ange ne se permet d'intervenir. Mais le plus inquiétant, c'est que même Mickaël se tait.

— Rassure-toi, me dit alors Meyer. Mon frère ne va pas te déchoir. Il aura besoin de chacun de ses soldats dans la guerre qui est sur le point d'éclater.

La guerre. Encore une ?

— Tu avoueras que tu es quand même bien naïf pour un ange qui se dit faire partie de la caste de la Justice. Il est vrai que tu n'as eu que très peu de temps en tant que déchu pour te forger une personnalité digne de ce nom, dit-il avant de pointer son index vers le haut. Que l'on ne me dise pas que je suis incapable d'indulgence.

Je serre les poings de rage : il ne perd pas sa légèreté.

— Tu ne dois sans doute pas comprendre tout ce qui

arrive. Comment le pourrais-tu ? reprend-il.

Il n'a pas eu le temps de finir sa phrase que je cours déjà vers lui. Il s'élève de quelques mètres et tournoie sur lui-même, me frappant de l'une de ses ailes. Je suis projeté dans les airs, mais cette fois-ci je réussis aisément à retomber sur mes pieds. Et alors que je m'apprête à l'attaquer à nouveau, il me fait un signe négatif de son index levé, tout en déclamant :

— En revanche, j'apprécie ta combativité, mon ami. Cela fait chaud au cœur.

C'est à ce moment qu'éclate dans le ciel une détonation que je reconnais immédiatement. Mickaël tombe du ciel, si fort qu'il brise le béton du gradin sur lequel il vient d'atterrir. Il se redresse lentement alors que Belzébuth l'interpelle :

— Regardez qui a décidé de rendre visite à son petit frère !

— Qu'as-tu fait ?

— Toujours en mode grognon à ce que je vois. Il y a des choses qui ne changeront jamais.

Mickaël descend vers nous alors que son frère reprend :

— Fort heureusement, certaines choses changent. Tu as vu ? J'ai à nouveau mes ailes grâce à ce charmant couple. N'est-ce pas formidable ? Je vais pouvoir rentrer avec toi à la maison.

— Hors de question.

— Allons bon. Ne me dis pas que j'ai passé les deux derniers siècles qui viennent de s'écouler à monter les hommes les uns contre les autres pour vous *convier* à descendre, et que bien sûr tu ne *décide*s de les châtier afin d'apporter justice, équilibre et le reste… pour rien ? C'est ce que tu me dis ?

— Belzébuth, gronde Mickaël en continuant toujours à s'avancer vers nous.

— Quoi !? Dis-moi que ce n'est pas ce que tu rêvais de faire depuis au moins 1 400 ans, depuis la chute de ta précieuse civilisation grecque. Je n'ai jamais compris ce que tu trouvais à tous ces hommes en toges en train de déblatérer sur le sens de la vie et tout ça. C'était si ennuyeux et futile ! J'ai pourtant bien essayé d'élever un peu le débat, mais comment veux-tu que ces mortels prennent vraiment la mesure de ce qui les entoure alors que leur vision est limitée à ce qu'ils voient ici-bas ?

Mickaël décolle. Belzébuth sourit et s'envole à son tour. Je me baisse juste à temps alors que je les deux archanges se percutent à mi-parcours au-dessus de moi. Me parviennent le tintement de leurs épées et la vue du tournoiement incessant de leurs ailes tandis qu'ils se sont lancés dans un duel qui les entraîne toujours plus haut.

— Je vois, tu en as fini avec le dialogue, commente Belzébuth, tu préfères te battre !

Son frère ne lui répond pas, et se contente d'attaquer encore et encore, mais Belzébuth pare chacun de ses coups. Je ne peux rien faire pour venir en aide à Mickaël. En revanche, je peux aider Lena vers laquelle je cours, espérant qu'il ne l'ait pas mortellement blessée avant de la laisser tomber dans le vide. Elle est encore allongée dans ce trou, mais elle est revenue à elle. Ses yeux fixent le ciel dans lequel on peut encore voir les deux archanges se battre.

— Tu vas bien ?

Question idiote, mais je l'ai tellement entendue ces deniers mois de la part des mortels que c'est un automatisme. Lena ne semble pas surprise que je lui pose cette question et me répond naturellement.

— Ça va. Que s'est-il passé ?

— Nous avons commis une grande erreur.

Elle accepte mon aide pour se relever, alors qu'elle pourrait le faire avec facilité.

— C'est un archange, souffle-t-elle, les yeux toujours levés.

— Belzébuth.

Elle vacille contre moi.

— Lena ?

Elle baisse les yeux pour me rendre mon regard, me fournir une explication sur son état.

— Il... c'est comme s'il avait puisé dans ma lumière pour se l'approprier, pour se rendre plus fort.

Elle passe une main sur son front, un geste qu'elle faisait lorsqu'elle était encore une mortelle. Je m'apprête à lui dire ce qui vient de se passer, sur ce que j'ai appris de celui qui s'est joué de nous quand un son éclate dans le flux télépathique des anges.

« Bang ! »

L'Appel.

L'ordre de repli de l'armée angélique vient de sonner.

Ce tintement strident que les mortels ne peuvent entendre se répète une seconde, puis une troisième et dernière fois. Le regard de Lena se baisse vers moi alors que je lève les yeux au ciel. Des éclairs zèbrent les nuages, contrecoups du combat qui oppose les deux archanges dans les cieux.

— Je n'arrive pas à croire que Belzébuth ait réussi à retrouver ses ailes à cause de nous.

Je suis furieux contre lui et contre moi d'avoir été si naïf.

— Nous ne savions pas, Caliel et...

— Ne confond pas ignorance et innocence, Lena, dis-je durement. Nos lois ont été créées pour maintenir l'équilibre et nous les avons bafouées lorsque tu m'as rendu ma grâce alors que je méritais d'être un déchu. Mickaël avait raison. Quant à Mey... Belzébuth...

— C'était ma décision. Je suis la seule responsable, acquiesce Lena.

Nous nous observons, tous deux réalisant la portée de nos choix, de nos actions, de nos erreurs. Un bref instant, j'hésite à lui réclamer de me déchoir à nouveau afin que je purge ma peine sur Terre, mais Belzébuth a raison : la guerre qui vient de commencer, dont nous sommes contre notre volonté les déclencheurs, aura besoin de tous les combattants que nous pourrons opposer à lui-même et à ses complices dont il a évoqué l'existence. Je ne doute pas qu'il ait la vérité ; la preuve, c'est cette mission que m'a confiée cette puissance alliée à notre ennemi. Ennemi qui a forcé la main de Mickaël pour intervenir sur Terre, pour l'inciter à croire que l'humanité devait être renouvelée car indigne du projet de Dieu.

Un faisceau de lumière perce la couche nuageuse. Il est le premier d'une multitude qui va me permettre à chaque ange de s'élever à nouveau. Une de ces lumières descend vers moi. Je l'appelle, et lorsqu'elle me touche elle chasse tous les ressentiments qui m'habitent à cet instant. Mes pieds décollent du sol. Je m'élève. Lena m'agrippe, me retiens sur Terre. Je baisse les yeux vers elle pour lui souffler :

— Voici le temps de retourner chez nous.

— Chez nous ?

— Viens.

À mon tour, je la saisis par les avant-bras. Ses ailes se déploient, se mettent à battre pour lui permettre de s'élever en même temps que moi qui suit porté par la lumière.

— Et maintenant ? Que va-t-il se passer ?

Je note l'angoisse dans la voix, le regard de Lena. Une angoisse que je ne vis pas. Est-ce parce que je suis heureux de rejoindre les cieux ? Ou est-ce parce que je ne suis plus capable la ressentir ?

— Caliel ?

— Les anges retournent dans le royaume céleste.

Elle baisse les yeux. Je suis son exemple et aperçois les mortels qui sortent de leur cachette où ils avaient trouvé refuge. Matt est parmi eux. L'archange déchu a dû influencer son esprit de mortel pour faire en sorte que nos chemins se croisent au Nebraska. Il est également évident que sans lui, j'aurais continué ma route, que je n'aurais jamais intégré cette bande de mortels dont faisait partie Meyer. Sans lui, je n'aurais sans doute vu aucun intérêt à nous installer dans ce stade pour lui offrir un abri sûr.

Sans lui, Belzébuth n'aurait pas eu cette influence sur moi ; et au moment où Lena nous aurait retrouvés, j'aurais choisi la voix de la raison et non celle du cœur en faisant confiance à un déchu, en trouvant cela juste que l'archange qui me fait face à présent rende sa grâce à un tel être. J'éprouve de l'inquiétude pour ce qui va arriver à ce garçon, puis je me rassure : la guerre entre les anges et les mortels vient de se terminer. L'Appel en a marqué la fin.

Un déchirement de tissu brise le silence dans lequel nous planons. Malgré la grande douleur, je souris à Lena : on me dote à nouveau d'une paire d'ailes. Elles sont moins lumineuses et amples que celles de ma compagne, mais elles sont miennes. Une fois qu'elles sont entièrement reconstituées et déployées, j'éprouve la grisante sensation de pouvoir à nouveau voler. Le faisceau de lumière se délite ; il ne me porte plus. Mes ailes me permettent de me maintenir dans les airs.

— Et pour nous ? me relance Lena face à moi. Que va-t-il se passer ?

— Nous allons nous battre, Lenael.

Elle tique. C'est la première fois que je l'appelle par son nom angélique. Implicitement, nous avons accepté le rôle que nous allons mener pour le reste de notre vie : elle archange, et moi ange.

— Contre Belzébuth, reprend-elle.

— Contre lui et ses alliés, puis un autre adversaire et encore un autre.

— Une vie de combats, se plaint-elle.

— Nous avons été créés pour combattre. Nous sommes l'armée céleste.

La détermination chasse tout doute qu'elle avait pu avoir jusqu'ici. Elle hoche la tête, me tend une main assurée dont je me saisis. Ensemble, nous levons les yeux vers le ciel ; ensemble, nous nous élevons toujours plus haut pour combattre dans cette nouvelle guerre qui se tiendra non sur Terre, mais dans les Cieux.

******

FIN

Merci infiniment d'avoir partagé ce moment dans un de mes mondes fantastiques. J'espère que l'histoire vous a plu. Le plus beau remerciement que vous puissiez me faire est de me soutenir en laissant un commentaire sur ce livre. Je vous en remercie par avance.

Envie de connaître la suite en exclu et d'obtenir la clé qui vous ouvrira toutes les portes vers de multiples lieux emplis de mystère, de romance, de magie.... enfin, toute la panoplie digne de vous faire rêver ?

Inscrivez-vous à ma newsletter en suivant ce lien :

toc toc.... entrez

De la même auteure

— <u>La magie d'Avalon</u>

Une invitation à rencontrer les figures mythiques des légendes arthuriennes. Une épopée extraordinaire en 7 tomes au cœur de cette période historique communément appelée les Âges sombres. La destinée incroyable d'une femme qui se révélera dotée de pouvoirs incommensurables. Shannon pensait être une jeune Anglaise de 27 ans comme les autres. Or, lors d'un séjour dans le sud de l'Angleterre, sa vie bascule lorsqu'elle se retrouve prisonnière d'un phénomène inexpliqué. Au centre des ruines de l'ancienne abbaye de Glastonbury, à notre époque, l'instant suivant, elle est parachutée au VIe siècle sur la mythique île d'Avalon et rencontre la célèbre enchanteresse, Morgane la fée. Pour quelle raison cette femme reconnue comme possédant de grands pouvoirs aurait-elle permis à Shannon de déchirer le voile du temps ?

1— Morgane

2— Pendragon

3— Myrddin

4— Arthur

5— Nimue

6— Léodagan

7— Shannon

— Porteuse de lumière

Un être destiné à recevoir la lumière en soi ! A en devenir le ou la porteuse pour régner et guider son peuple !

Une série complète en trois parties : lueur, éclat, éblouissement ! La lumière est vouée à s'intensifier afin d'éclairer ce monde différant du nôtre. Un simple miroir bouleversera irrémédiablement la vie d'Evana en lui offrant un passage vers un autre monde dans lequel elle devra tenter de survivre. Elle aura à cœur de protéger sa nouvelle amie, celle qui est destinée à régner en tant que Porteuse de lumière, sur le royaume qu'elle vient d'atteindre. Découvrez un monde comme nul autre, en compagnie d'une jeune femme déterminée, bourrée d'humour et possédant bien des ressources pour se défendre.

1— Lueur

2— Éclat

3— Éblouissement

— La chute des Anges

"Et si je vous disais que les anges ne sont pas tels que nous nous les imaginons. Que de ces créatures célestes, l'image qui a été transmise à travers les siècles ne dévoile qu'une infime partie de leur nature, de leur rôle dans l'univers. Que feriez-vous s'il vous était permis de les rencontrer, de découvrir qui ils sont ? Vous réjouiriez-vous ou auriez-vous peur face à leur puissance et à la raison de leur venue sur Terre ?" À travers le regard de Lena, nous serons les témoins de l'arrivée des anges sur terre, du bouleversement que cela entraînera. Une question demeure : pourquoi sont-ils tombés ?

1— Tomber

2— Se révéler

3— S'élever

— Un monde d'elfes et d'hommes

Imaginez un monde où le continent américain n'a pas été colonisé par les Européens, où la technologie s'oppose à la magie. C'est dans cet univers parallèle que va être plongée une jeune femme banale, qui devra faire preuve de courage, de force et de détermination afin de trouver un moyen de rentrer chez elle, dans son monde. Danielle vivra une aventure extraordinaire, aux multiples rebondissements entre action, combat, magie et sentiments.

1— Air

2— Feu

3— Eau

4— Terre

5— Esprit

6— Cercle

— Enfants de la Lune

Imaginez-vous en loup-garou, non un de ces gars capables de se déchirer la peau et puis hop, un corps animal tout frais en dessous avec tout l'attirail, griffes, crocs et l'envie de tuer dans les veines. Non. Mais plutôt: être capable par un don héréditaire de quitter son corps pour intégrer celui d'un loup, lors d'un voyage astral, les soirs de pleine Lune. C'est ce que va vivre, Elynn Harper, 17 ans, habitante d'une petite ville des Rocheuses Canadiennes, qui devra apprendre à gérer sa nouvelle condition d'autant plus qu'à chaque voyage, elle reçoit l'imprégnation de son animal. Autrement dit, une part sauvage se développe en elle, contrebalançant avec son humanité, ce qui lui apporte au passage de toutes nouvelles capacités physiques plutôt déstabilisantes. Fort heureusement, elle pourra compter sur de nouveaux amis, des garçons possédant comme elle cette capacité extraordinaire et qui font partie de sa meute. Le problème est que ce groupe est mené par un homme ténébreux, l'Alpha, à l'ego surdimensionné et arrogant qu'Elynn devra affronter, d'autant plus qu'il ne la laisse pas indifférente enfin sa partie sauvage.

Soyez tentés par une aventure mordante ! N'hésitez pas et suivez Elynn dans sa nouvelle vie remplie d'action, de danger et de magie mais également de romance et d'amitié.

1— Sunset

2— Sunrise

— L'aura d'Abalyne

Dans un monde différent du nôtre, l'aura que possède chaque personne représente une source de pouvoir qui définit la place que l'on obtient dans la société. À l'âge de douze ans, Abalyne est révélée comme une effacée. Une personne possédant une aura si faible qui ne lui permet nullement de l'utiliser, faisant d'elle une paria à la communauté. Arrivée à l'âge adulte et étant entraîné contre son gré par le déchaînement des événements, elle apprendra qu'elle possède une aura d'une rare puissance. Ses parents ayant fait le nécessaire pour la masquer afin de la protéger d'une grande menace qui pèse sur elle ainsi que sur tout un peuple.

1— Union

2— Discorde

— Au service du surnaturel – sAISON 1 – JENNA

« Bienvenue au Manor Hotel. Que puis-je faire pour vous ? » Je devrais peut-être ajouter : « êtes-vous un humain ou un surnaturel ? » Car oui, la grande particularité de cet hôtel de Seattle est qu'il accueille également des créatures légendaires en tout genre. Et croyez-moi, ça défile ! Je ne vous dis pas les situations cocasses, voire carrément angoissantes, auxquelles je dois faire face. Quand je pensais avoir tous vu, moi enfermée dans un asile par ma famille qui refusait de croire en ma capacité de pouvoir lire dans les pensées d'autrui. C'est un petit plus que j'ai obtenu suite à l'accident de voiture qui a failli me coûter la vie. Hé bien, je peux vous dire que ce n'est rien comparer à cette entrée fracassante dans un monde magique peuplé de surnaturels qu'il me faut servir. Comme si les côtoyer ou simplement savoir qu'ils existent… pour de vrai, n'était pas déjà suffisant. Okay. Il y a aussi de bons côtés dans cette histoire. Comme les mecs. Oh mon Dieu ! Je pourrais me damner pour ne serait-ce qu'une nuit avec l'un de ces mâles capables de procurer un plaisir intense dont vous n'avez même pas idée. Et mince. Avec tout ça, j'ai oublié de me présenter. Mon nom est Jenna Davis, apprentie réceptionniste, novice du monde surnaturel, accessoirement télépathe et super en manque de sexe. Si vous décidez de me suivre dans cette aventure, promis, je ne vous cacherai

rien de mon quotidien extraordinaire entre fantasy, humour et parties de jambes en l'air. Et c'est parti...

PARTIE 1— Épisode 1 à 4

PARTIE 2— Épisode 5 à 8

— Au service du surnaturel - sAISON 2 - BLAKE

Cette saison est une invitation à pénétrer dans le Manor Hotel de Budapest et de vous laisser surprendre par le programme que nous vous avons réservé. Entre situations cocasses, rencontres de créatures légendaires en tout genre, des combats épiques ou simples pétages de plombs, sans oublier des scènes très hot, vous aurez de quoi vous amuser, ce qui ne sera peut-être pas le cas de notre héros. Car oui, après Jenna et toute sa bande, c'est autour de Blake, un mage aux pouvoirs légèrement incontrôlables, mais tellement sexy, et d'une toute nouvelle équipe délirante qu'il devra diriger pour son plus grand « bonheur ». Nous n'avons qu'une chose à vous dire : bienvenue au Manor Hotel...

PARTIE 1— Épisode 1 à 4

PARTIE 2— Épisode 5 à 8

— Au service du surnaturel - sAISON 3 - RILEY

Les Manor Hotel. Cette chaîne hôtelière mondiale qui accueille les surnaturels, des créatures légendaires en tout genre. Suivez Riley, une veilleuse un brin loufoque et aux coups de pied redoutables, dont la mission se résume à botter les fesses des surnaturels qui sèment la pagaille. Entre situations cocasses, combats épiques, sans oublier des scènes très hot, vous aurez de quoi vous amuser, comme cette héroïne qui n'en manque pas une. Car oui, après Jenna, l'humaine télépathe de la saison 1, Blake, le mage aux pouvoirs légèrement incontrôlables dans la saison 2, c'est au tour de Riley de faire son entrée fracassante. Nous n'avons qu'une chose à vous dire : bienvenue aux Manor Hotel…

PARTIE 1— Épisode 1 à 4

PARTIE 2— Épisode 5 à 8

— Les nouveaux dieux

Les dieux existent. Dans l'ombre, ils continuent à régner sur ce monde et les hommes. De toutes les divinités, il n'en reste que quatre, les plus puissantes :

Hadès, Poseidon, Demeter et Zeus.

Ce dernier a pris une décision : celle de créer une nouvelle génération de divinités afin qu'un jour leurs enfants puissent leur succéder.

TOME 1 : FILLE DE HADÈS

L'aîné de cette fratrie et Seigneur des Enfers, Hadès, porte la mort en lui. Des centaines d'années d'attente se révéleront nécessaires afin que la médecine des mortels évolue et offre une chance à son enfant de subsister jusqu'à être en âge de contrôler son immense pouvoir. Cet enfant, c'est Amelia. Si elle réussit à survivre, elle sera destinée à une vie d'importance, à une vie déesse régnant sur le monde souterrain.

TOME 2 : FILS DE POSEIDON

*Contre l'avis de ses frères, Poséidon a choisi pour son fils un pays à l'écart du monde. **Aleksander** grandira dans une famille nombreuse appartenant à la classe ouvrière dans une petite ville de Norvège. Le dieu ne lui facilitera pas la vie, ne lui apportera aucune assistance. Son héritier devra se forger sa propre destinée faite d'épreuves à surmonter, de combats à mener. Il veut pour lui une vie simple, une vie de mortel. Pour autant, il n'est pas un homme comme les autres, ses immenses pouvoirs s'imposeront à lui. Sa destinée est de devenir maître des mers et des océans.*

TOME 3 : FILLE DE DEMETER

Demeter est la seule déesse à avoir survécu jusqu'à notre époque, et heureusement puisque sans elle la vie elle-même ne serait plus. Demeter n'est rien de moins que la Terre-

Mère. Comme ses frères, elle a accepté d'avoir un enfant, une fille, qui héritera un jour de son immense pouvoir. Il lui a paru naturel d'avoir choisi le continent africain dans le partage du monde qu'a établi sa fratrie divine. Ainsi, la petite Tyana verra le jour en Afrique du Sud au sein d'une tribu Zulu. Plus qu'un milieu aisé ou tout simplement de la sécurité, Demeter souhaite offrir à son enfant la plus puissante des richesses, celle du cœur. Si Tyana sera aimée, la dureté de la vie lui permettra également de se forger une personnalité à la hauteur du rôle primordial qui l'attend.

TOME 4 : FILS DE ZEUS

Darren Fitzgerald Parker, tel est le nom que l'on donne à l'enfant de Zeus qui vient en ce monde. Le dieu n'a rien laissé au hasard pour celui qu'il prédestine à sa succession : Hong Kong pour ville natale, où se mélangent culture occidentale et culture asiatique, un milieu aisé, des demi-dieux pour l'assister et des parents qui sauront l'élever pour être un homme important, un homme qui saura faire la différence. En réalité, Darren est plus qu'un homme. Il est prédestiné à devenir le dieu des dieux dans un monde qui pourtant ne croit plus aux divinités anciennes.

À PROPOS DE L'AUTEURE

J'ai toujours été une grande voyageuse que cela soit dans le monde imaginaire avant de pouvoir le faire dans la vie réelle. Après plusieurs années à l'étranger et sous le coup d'un rêve, j'ai commencé à écrire et ne peux m'arrêter depuis.

Au travers de mes livres, je vous offre juste un moyen de vous transporter dans des mondes où tout est possible, où les horizons sont multiples.

REJOIGNEZ-MOI DANS LE CYBERMONDE :

Site internet : http://sg-horizons.com

Mon blog : http://sg-horizons.blogspot.fr/

Pour m'écrire : asghorizons@gmail.com

Facebook: https://www.facebook.com/sg.horizons.5

Manufactured by Amazon.ca
Bolton, ON